梦未央

冷宁　著

天津出版传媒集团

天津人民出版社

图书在版编目（CIP）数据

梦未央 / 冷宁著 . -- 天津 : 天津人民出版社，
2020.4
　　ISBN 978-7-201-15878-5

　　Ⅰ . ①梦… Ⅱ . ①冷… Ⅲ . ①长篇小说—中国—当代
Ⅳ . ① I247.5

　　中国版本图书馆 CIP 数据核字 (2020) 第 049618 号

梦未央
MENGWEIYANG

出　　版　天津人民出版社
出 版 人　刘庆
地　　址　天津市和平区西康路 35 号康岳大厦
邮　　编　300051
邮购电话　（022）23332469
网　　址　http://www.tjrmcbs.com
电子信箱　reader@tjrmcbs.com

责任编辑　刘子伯
策划编辑　莫义君
特约编辑　张帆
封面设计　西子

印　　刷　天津兴湘印务有限公司
经　　销　新华书店
开　　本　710mm×1000mm 1/16
印　　张　16
字　　数　200 千字
版次印次　2020 年 4 月第 1 版　　2020 年 4 月第 1 次印刷
定　　价　48.00 元

目　录

Contents

第 一 章
Chapter One

　　T·S·艾略特在《燃烧的诺顿》中曾这般说过，人类承受不了太多的现实。而在我们无可逃避的现实生活中，我至少可以认定，爱情和婚姻，都经受不了太多的现实。

　　雨，柔丝一般，细细密密地飘在空中。雨刷轻摆着，颇有节奏，似乎正是为唱机里流出的《Without You》做着伴奏。道路两旁整齐的街灯在湿漉漉的路面上投下一朵朵可人的橘黄色，像是点缀这夜色的烛火。微风让雨丝有了稍稍的倾斜，宽阔的高架路上，车很少。

　　夜色愈渐凝重，各处的霓虹相继亮了起来，城市的夜空在雨中也是同样的不甘寂寞，大概只有这样的灯红酒绿才是它炫耀张扬的本钱。

　　车里还是只有我一个人。但是，今晚我却并不寂寞。

　　因为，千绘约我一起吃饭。

　　无论如何，她的出现也有些戏剧性的突然，以至于我错把她当成了另外一个人。

　　那另一个人叫作美菱。千绘即是同美菱一起，分别与我上演了人生的两出悲剧，一是爱情悲剧，一是婚姻悲剧。所以我的现状是，数年前与千绘分手，而在数个月之前与美菱离婚。

　　我和美菱之间没有爱情，但离婚却是极度痛苦的。

　　记得那日从民政局大楼走出来的时候，天色灰蒙蒙的，且洒着冰冷的细雨。一起走出大门，下台阶，然后美菱扭过头来吻我。这个场景突然让我重拾了多年之前跟千绘的那种刻骨铭心失去的感觉。

　　清楚地记得，那也是一个飘雨的日子，空气冰冷而潮湿。我吻千绘，她犹豫不决地推开我，之后沉默片刻，她又忍不住向我扑来，疯狂地吻着我，而后她再度带着自责的意味触电般地逃开。千绘与我的爱情，或可说即是如此这般的冰冷和苦涩。

　　这些就分别是我的婚姻和爱情。

所以，我说，无论是婚姻还是爱情，都经受不了太多的现实。

不过，现在是十年之后，我与我曾经、亦是一直以来的爱情——千绘，又再度重逢。

下午电话响起时，只感觉是个极度熟悉的声音。所以我听错以为那是美菱。

她只是问，晚上有时间吗。

虽与美菱离婚，但我们却未离开彼此。始终，我们都还是生活在这同一个城市里，平淡相依。

事情很多，不太确定。我回答。我经常这样应付美菱。

然而，她接下来的一句话却如利剑一般，划破了我的世界，让我顷刻丧失了时空感。她只是这样说，她今天刚到上海，下午刚到。

我突然清楚，她是千绘。但却一时无法想到该对她说些什么。十年，究竟是一个怎样的时光，很难说清。我的思维在突如其来的震颤中恍惚着，似尚停留在初醒的残梦中。

面对我的失语，千绘显得有些敏感。她有些淡漠地说，要么改天。

我虽辨不清这是否是一种失落的语气，但我确定我需要见她。我说：不，就今天吧。

"那么好，衡山路。"

"好。"

"じゃね"（就这样）。这是我们大学时代的一句暗语，仅存于我们之间。千绘突兀地将它提起，让我在一种莫名的兴奋中显得无措。

"ではまた"（就这样吧）。我本能地这样回答着，然后带

着沉重的记忆放下了电话。

　　细雨蒙蒙，给原本就模糊的世界里又增添了些伤感和美丽。行驶在雨中的高架路上，车窗打开，呼吸着一种腐烂与清新的交融，体味着这座繁华都市的喧嚣与静谧，于沉浸在庸碌生活中的我们，已然成为一种自我抚慰的心绪。

　　伴随着夜幕的降临，亮起的盏盏街灯在雨雾中显得格外可人。橘黄色，一朵一朵的，就像是烛火，使这座被物质严重腐蚀了多年的城市又萌生出了点滴的诗意。

　　唱机里的《One Last Dance》谢幕，到了我们约定的地方，一些凌乱的回忆在脑中短暂地闪现后生硬地遁去，让人不适。过去，我与千绘之间的种种纠葛，突兀地横亘在我们的重逢之时，令我不安。

　　手机恰恰在服务生打开门的时候响起，是美菱打过来的。我犹豫一下，接听并简单结束。

　　千绘早已经到了，坐在靠窗的一边。挂电话的时候，我看到她正点头向我微笑。

　　我要了一杯芝华士，从一开始我也不是那种乐于遵循某种规则的人。而千绘则显得非常有原则，即便是类似于汽水的 Cocktail 她也一滴不沾，最后她只是选了一杯很简单的果汁。

　　见面，我们似是有很多语言要说，但却最终无从说起。且认为，这次重逢的形成，耗尽了我们两人各自十年的时光。不过，毕竟我们的重逢还是发生了。虽然，当年她曾说过不再见我。

　　我只是这样问她，这么久没有联系，一切还好吗？

　　她避而不答，反问了我一句，这些日子，生活得怎么样？

从一开始我就感觉到，跟她的重逢就是这样一种带有着浓重欣喜和兴奋的苦涩，就如同我们当初的恋情一般。曾经炽热，但最后无疾而终，分手，却没有原因。亦正是由于当年的那般苦涩，我才决定让自己漂在这样一座华丽与冷漠并存的城市。

然而千绘继美菱之后又出现在这里，于我，是机会是补偿是对平静的搅扰还是对悲剧的延续，我不得而知。我不敢期待我们之后会发生什么。

我只知道，我们之间的微妙情感，更像是一个根植于思维领域的虚幻概念，表征着无数积极的意义却难能在现实之中觅得合理存在的理由。所以，我断言它是苦涩的。

大学时代，我与千绘曾是一对被所有人所叹羡的恋人。我们之间心有灵犀地拥有着常人无法揣测的默契，亦存在着为他人看来近乎天造地设的般配。但是，我们却注定要分开。

而发生在毕业聚餐后的那场所谓轩然大波，其实只不过是个借口。虽然那个事件在形式上对我的人生影响深远，然而，我始终不认为那是我跟千绘分开的真正理由。

其实，爱情在我们之间，一开始就如同一场游戏一个梦境，无论输赢无论悲喜，结束是必然的结局。一切的过程似乎只为了最终的结束。

我回答千绘，我生活得很好，一直很好。我买了房子，彻底在这座城市安定下来。我确定生活在这里，无论发生什么，也不再离开。

这些话被我刻意地说出来，带着明确的目的性。

千绘默默地接受，并不曾从表情中露出任何评价或判断的意思。

一阵冷酷的静默，我确信我们彼此都在小心翼翼地相互揣测着。我问道，你这次到这边来，要待多久。

她微笑一下，清淡地作答，她打算在此常住，在汤臣一品，买了房子。

突然，在我的心里又横生了我们之间不可跨越的距离。汤臣一品位于浦东新区的核心地段，突兀地矗立于陆家嘴最为繁华的街道上，与外滩万国建筑群隔江相望，多年前其每平方米十三万的天价可谓是人尽皆知的一个戏谑的神话。

自始至终我都清晰地自知着，千绘所期许的物质生活，是我注定不可能给予的。

在我的观念里，这才是我们当年分手的真正原因。

正因为如此，我们才可能在一种相爱的境况下坚决并坚强地分开，亦因为如此，我才逃离着痛苦逃离着现实，逃离到这座繁华都市来经营我一个人卑微的生活。

我不再说话。空气突然让我有些抑郁。多年未见的一对旧情人，于重逢之时竟在不经意间首先谈起了房子，这不能不说明流行作为一种具备现实意义的现象，所存在的必然和无奈。

窗外的细雨沙沙作响，似是通过落地玻璃渗透进来，使我的心头无比潮闷。

千绘为了缓和气氛，突然说到了我们的曾经。她说起我，整个大学时代，我都是外语学院的男神，高挑而挺拔的身材，帅气逼人，小女生人见人爱。

我淡笑，不置可否，气氛继续尴尬。

其实于一个物欲横流的时代，莫说是一个人的内涵，就连外在其实也已经不那么重要，所谓"高富帅"，主要还是"富"字，至于其他两个字，并不重要。甚至，当一个人有了钱，金钱会重塑他的身高和样貌，富了，也就同时高了帅了。这就是现实。

千绘兀自继续，记得曾经看你踢球，场边便有女生喊你的名字，然后尖叫着"我爱你"。

我微微叹了口气，说，她也一样。

"我一样什么？"千绘问道。

"我是男神，你是女神嘛。"我轻松调侃。

千绘的表情却突然严肃起来。沈美菱才是女神。

突然，她提到美菱，这让我有些无所适从。

千绘接着问，跟美菱怎么样。

我苦笑，我们分手了。

"分手？"

"应该说，是离婚。"我补充道。

"怎么会离婚？"她尖刻地问。

沈美菱，大学时代外语学院的系花，她有一米七的身高，美艳得颇有些妖媚。尽管在千里之外的他乡，我们结婚的消息仍不胫而走，传遍了整个同学圈。诸如在苏州河畔拍摄婚纱、在沐恩堂进行婚礼、在香格里拉举办婚宴的一些渲染，成了我们这场绝望婚姻最为戏谑的点缀。

然而，是时，我们或者只是我，让婚姻赤裸得已然达到了极致，没有婚礼没有婚宴没有婚戒更没有婚房，有的只是一张薄薄的纸片。但多数人却更容易把美女与幸福与奢华的物质生活联系在一起。

千绘继续问，为什么离婚。她的语气平静之至，以至于被我理解成一种强掩的欣然。

"不确定是为什么，也许我们根本就没有爱情。"我只能这样回答。这是彻头彻尾的实话。

千绘不再说什么。她的表情发生了细微的变化，似是一种感怀。

我苦笑，然后我问她："你呢，你怎样？"

当年，大四毕业，我们分手，然后千绘毅然嫁给了体育系一个毫无层次的地痞流氓，其父是我们那座城市颇有名气的暴发户。她的选择，已让我们外语学院的同仁们在当年就感叹拼爹时代的到来。

然而，当初的我，只是感伤却毫无愤恨，因为我确定，没有爱情的婚姻是不会幸福的。

不过，在千绘的角度，事实或许是如此的，大四毕业，聚餐后突发了一个意外事件，让她对我绝望，无论那场意外事件是否是一种不经意，我都是不可原谅的。所以，她要与我分手。

当然，既然分手了，原因如何，角度如何，便都无所谓了。至于那场意外事件，在我们两人之间，谁也不曾提起。

沉默片刻，千绘回答了我刚才的问题。

"我们很好。"千绘有意强调了"我们"这两个字。

我笑。我断定，这是一句很拙劣的假话，千绘在很明显地逃避着我的目光。

"我来上海，只是因为业务的需要。"千绘在解释，语气虚假，恰适得其反地肯定了我的猜测。

透过我的表情，她好像已经意识到了这一点。紧接着，她又补充说："而事实上，我也希望能换换环境。"

瞬间我们彼此都沉默了下来，气氛在突然之间就凝重起来。我深思着，她也如此。酒吧间里充斥着《Sealed with Kiss》的旋律，深重而压抑。

要走了，雨还在下着。千绘把伞递给我，我们偎在一起出门。

夜，很静，亦很轻。空气中，清爽的味道让人在无形之中沾染了些醉意。这是一把色彩极其单一却又独具格调的伞，它在微妙地表达着一种淡雅的冰冷韵味。

我刚刚掏出车钥匙，而停在我的车旁边的那辆白色宝马却闪了一下。

然后，我看到了千绘手中那只带着宝马标志的车钥匙。还好，本意欲送她，幸未来得及道出。

千绘上车，之后，她把伞留给我。

我撑着千绘这把雅致的伞，目送她离开。宝马车在极小的空间里，潇洒地调头离去，留下一丝薄薄的烟。

我坐回到车里，把伞收起。带着一种难以表达，更甚至是难以体会的感觉，离开了这个多年之后我与千绘再度重逢的地方。

这个时间，恐怕是音乐电台最忙的时候，DJ那富有磁性的声音游荡在这夜色里，强烈地刺激着流离在这阑珊灯火中的人们，给他们的或许是激情，或许是冲动，或许是压抑，也或许是感伤。

当下放的是张宇的《雨一直下》，一首老歌，最早听这首歌的时候我还在上中学。

雨一直下，气氛不算融洽。

或许，在我和千绘之间，雨，本就一直在下。

手机上显示有美菱的未接来电，刚才与千绘碰面，我把手机静了音。

电话打回去，她直截了当地让我过去。

我们离婚，但我们却未离开彼此。即便是现在，我们还保持着我们彼此认为默契的东西，并彼此如此相依。其实，当年大四毕业聚餐后的那段插曲，或就注定着要把我们的今生，紧密地缠绕在一起。

然而，我们的婚姻，自起始时就已然把悲哀写满了我们的每寸肌肤，我们只是忍痛继续，痛苦在悲催的现实生活中，有时亦是一种光芒。不过，尽管如此，我们的婚姻也仅仅维持了短短的一年零四个月。在沉默中消亡，无疾而终。

在一个阴沉的冬日，我们听 Sopor Aeternus 的音乐 NO ONE IS THERE，压抑到极致的一个曲子，然后我们喝伏特加看窗外的冰冷细雨。离婚是我们突然的一个决定，美菱在哭，而我并没有安慰她。婚姻于我们就如同一支被冰打残的玫瑰，正在渐进中死亡，我，我们都无力挽救。

这座城市的冬日潮湿冰冷，就如同一直以来我们的心境。自民政局走出来，我们竟无力撑伞，虽然我们知道结果当如此，但始终不愿看到。下台阶，然后美菱停下来吻我，来自她唇间温润的温度让我着实不堪，痛苦在以一种狂暴的速度骤增。

我说："对不起，我无法强迫自己爱上你。我，努力过。"

"不。"她冷漠地打断我，"不必。"

然后，她跑开。灰蒙蒙的雨雾中，一个柔魅的背影渐行渐远。

现在，我调转车头，向美菱的住处飞驰而去，我有些迫不及待了。对待美菱，一向保持含蓄的我从未有过这般的感觉，我想这或是源于跟千绘的重逢。

美菱在停车场等我，她打了一把镶着花边的紫色小伞。昏暗的灯光下，我看不清她的表情，但却感受得到她等待中感伤的心绪。

打开车门，我就闻到了美菱身上那股浓重的香水气息。Chanel 香水，让人一嗅就能嗅出性感和妩媚。弥散在空气中的这些标志着情与爱，抑或是性的元素，混着给人清爽感觉的阵阵潮气。

我丢掉伞，抱紧她。她立竿见影地滑出了眼泪。显然她是被感动了。或许对于她而言，一个拥抱远比无限的快感所蕴含的内容要多得多。

我们习惯在电梯里接吻，因为这个封闭的空间能带给我们无限的遐想，也至少让我们在一个瞬间里满足了对彼此独占的欲望。然而今天，美菱并不是很主动，她的唇冰冷而麻木。充斥着金属味道的密闭空间在沉默中更显得憋闷，让我们的脑中尽便闪现着令人抑郁的记忆。

那次是我们婚后的第一次吵架，境况很遭，我们都不让步。天色阴沉，我趴在门厅落地窗的栏杆上，背对着美菱。石英钟的声响在冷漠中显得格外刺耳。突然听到有东西滴落在地板上，扭头看到，美菱把原本放在茶几下面的一把修眉刀刺进自己的手腕。然后，任鲜血汩汩而流。

"林千绘来了，对吗？"突然，美菱问了这么一句。

电梯停下，门打开。我径直走出去，并未回答，也未曾再看她。

我知道，美菱是根据我手中的伞判断出来的。大学，她与千绘同住一个寝室。

千绘的格调与人不同，她很明显是一个冷漠、压抑甚至是绝望的人。曾经，她的衣服、用品，皆是单一的暗调，无色彩无光泽。

进门坐下，美菱依然盯着被我丢置在玄关的伞。

沉默良久，我不得已地告诉她，是的，她来了，我们一起小坐。

喝酒，在衡山路。

美菱鄙夷地笑笑。她说："她是为你而来的。"

我冷漠地回答，不，不是，她只为了她的生意。

美菱短暂地愣了下，微妙地浮现出一种安适的表情，似是危机暂过。

然后，我们还是像往常一样，分开洗澡，之后上床。

美菱的卧室里充斥着肌肤的味道和魅惑的气息，让人不得不清晰地对着自己最真实的欲望。

一种不解缘由的呼之欲出让我的行为变得粗暴，并难以遏制，对此，美菱感觉突兀，不过马上她也以一种近乎疯狂的方式回应了我的粗暴，她的双唇紧紧地抿在一起，幽怨的目光中透出阵阵深褐色的憎恨。

那一夜，我们或许获得了前所未有的激情与炽热，但我深信，那亦让我们不约而同地回忆起大四毕业聚餐那个夜晚，所发生的令人疼痛且憎恨终生的事件。那个事件，无谓缘由地将我们二人生硬地卷入其中，并形成了难能摆脱的恐怖结局。

舒缓的《Evergreen》柔柔地飘在空中，散发着跟 Chanel 香水同样的味道，给我们充足的感性和无限的遐想。激情褪去后，美菱光着脚走到窗前，一下拉开窗帘。她说，她喜欢这座城市的迷人夜色。

其实我知道，激情褪去的我们，冷漠得形似路人。那般感觉，令她逃避。

所以，美菱就这样站在窗前，痴痴地看着窗外。外面冰冷的夜色和里面柔和的光线就这样交错在她的身上，黑白两种色调共同投在她那妩媚的粉色睡裙上，流露着一种玄妙的温存和诱惑。

点上一只烟，我静静地看着窗外。灯火点缀下的雨夜让这座繁华的城市又多了几分韵味，感受着它的魅力，在浮想联翩的同时，谁也无法游离于这个平凡的时空之外。

苟延残喘的这般日子，我不知道我们的生活是浑浑噩噩的，还是蝇营狗苟的，是波澜壮阔的，还是激情四射的。我只知道，我们需要爱，无论是在哪里，在上海，还是在我们过去的其他地方。

我且还知道，我们既是一种自诩为高等的社会存在物，亦是一种具备着各色原始属性的自然存在物。而从另一个意义上讲，我们应该还是一种机器，由已定的程序掌控，无能自我改变。

大四毕业那场聚会的余波，无论我如何摆脱，其实至今仍影响着我。

总说，婚姻是爱情的坟墓。但我相信，至少琐碎的世俗婚姻是爱情的坟墓。

当然，这仅对怀揣着纯净爱情的我们而言，爱情若与充斥着物质交换的婚姻沆瀣一气，便也无所谓谁是谁的坟墓了。

与美菱的婚姻结束，我们却默契地保持着一种似可称为"同居"的关系，这不能不说是婚姻爱情辩证关系下，一个矛盾的奇迹。或许，没有所谓婚姻的枷锁，我们都是自由的。

婚姻是什么，婚姻是无限的现实，是夹杂着琐碎生活的种种的无情的现实，是无从逃避亦无法摆脱的，是冷漠的绝望的，是无力支撑的。所以，我们必须要结束。

至少现在，我们无需面对彼此的家庭、彼此的身份、彼此的物质条件、彼此的关系网络和在世俗人眼里的模样，我们亦无需恪守所谓的传统观念、所谓的约定俗成。我们都是自由的，所以，我们能更好更单纯地对待彼此，不管那是不是爱。

　　我把烟蒂摁灭在那只熟悉的烟灰缸里。美菱买给我的礼物，在我们的婚姻伊始。然后，它被放置在这里，直到现在。我们离婚，然后我什么也没有带走，一切保持原状。一年零四个月的时间，让我对它们熟悉，亲近且亲切，但并无依赖。包括我的台灯，我的枕头，我的衬衣。

　　我总在租房，结婚前，离婚后。一处位置偏僻格调清冷的公寓，总是如此。直至最近的某一天，我才比照美菱的住所买了一套相似的房子。

　　美菱曾说，这是我心里的黑洞，是我高傲气质的背后致命的一个缺失，它让我自卑。

　　"或许吧。"我回答美菱。

　　"可是，你毁了我们的婚姻。你是自私的。"

　　"不，不是我。"我矢口否认，态度冰冷而且坚决。

　　我生硬地说："即便从现实的角度，毁掉我们婚姻的那也是你，你的父母，你世界里那些世俗的人，还有这个时代，这个时代人们所持有的物质观念。"

　　美菱是富二代，或可被更准确地定位为富三代。她初到上海就可以堂而皇之地买房，所以她世界里的人注定对我鄙夷，并强硬地拒绝接纳我。这些，不可不说与婚姻的现实性相关。

　　我从记忆中回归，尚听得到美菱的余音。她仍然是面对着窗外，言语突兀且冷漠，她问："你接下来打算跟千绘如何？"

　　"没有如何。"我简短作答。

　　确实，我在想，千绘的到来，根本也不会代表什么更不会改变什么。于每一个被现实陶冶过的人而言，沉湎于生活的过往之中，都是愚蠢的悲剧的。只是这些话，我并不想对美菱说。

美菱断言我在逃避。直至最后我们躺在黑暗里，她仍心有不甘。"她来了，你会怎么样？"

黑暗的空气吞噬着她略有急促的呼吸，令她无助。或许她仅需要我的一句话一个吻一个拥抱。

我回答美菱："不会怎么样。就如同咱们两个，生活在这座城市那么多年，最终……也没有怎么样。"

现实和生活皆是如此，情爱也亦然。身边仿似无比亲近的东西，通常会在某一刻突然被我们发现并不曾真正拥有过。这或可说是人生的无奈，然而又是人生的一种必然。

千绘的电话于次日下班时间不期而至，已然准确地证实了美菱的猜疑与不安。

地点由她确定，茂名路一处充满伤感格调的静吧，里面终日放着凄婉忧伤的音乐。千绘虽初到这座城市，却不容置疑地深谙这座城市的放纵与享乐。

而美菱在我驱车前往的时候又打我的电话，让我感觉到这一次她已经有些不顾一切地要干涉。千绘的出现，刺激到她，让她有意识地要抓住一些什么。

她问我在哪儿。我只回答，在外面，有应酬。

之后她语气坚硬地对我说，"结束之后，就到我这里来吧。"

途中，我曾确定地告知自己，向千绘索取她此行的目的，或是准确地说，索取我们下一步的任何可能性。

而当我们坐在一起的时候，我却无论如何无法启齿。

突然发现自己并不希望打破目前存在于我们之间的微妙关系，

一种未知的却存有无限可能的关系。况且，千绘已然很有效地构建起一种暧昧的氛围，我看得清，那是粉色的。

　　冷清的街道，茂密的梧桐，昏暗的街灯，一个并不为很多人所知的小酒吧，一个萧条但能让人排解心中寂寥的地方。整个晚上，就只有我跟千绘两个人，还有那寂寞伤感到了极点的歌声。我的谈话，却温润极了——

　　"记得某一天，下很大的雨，刚好是上英语泛读课，我们巧合地迟到巧合地相遇在教室外的楼梯口，然后交换眼神决定逃课。后来去了真锅，被雨淋得湿漉漉的，只是喝了杯咖啡。"

　　"嗯，一杯咖啡，却很满足很欣悦。"

　　"真锅里面，只是我们两个人，静静地，听窗外的雨，就像现在。"

　　"后来一个很冷的日子，去看电影，却遭遇稽查，影院关门。午夜时分我们流浪在街头，你教我认识天上的星座。"

　　"当时上映的是王家卫的《花样年华》。你说，你喜欢那个忧伤的旋律。"

　　"是的。我喜欢忧伤的旋律，喜欢看星星。很多次你陪我躺在足球场的草坪上，相互沉默着，看靛蓝色的夜空。熄灯时间，你骑车送我回寝室，我坐在自行车前面的横梁上，然后扭头看你的脸。那曾是我感觉最幸福的时刻。"千绘这样说着，似颇有感怀。

　　不管是痛苦还是幸福，那一段时光总归是我们两人所共有的，至少，谁也无法把自己从对方的记忆中抹去。然而，回忆起了幸福，就必然地会回忆起痛苦，因为它们就如同地球的两极，永远无法分割，一方的存在必以另一方为前提。

　　大四毕业聚会后的那个事件，注定也会荡漾在我们的回忆之中。

但是始终，千绘都不想再说些什么。

甚至当年，她也不曾需要我的辩解，或者哪怕是让我把来龙去脉客观真实地陈述一遍。

而现在我们这种方式的约会，也注定只是这种方式，如同一个生硬的电脑程序。没有物理的惯性，亦不存在哲学意义的前进上升或是发展。我们有的仅是约会，而并没有约会之后的什么。

当然，激情这个词是跟千绘在一起最难想象到的一个词。为她特有的那般冰冷且优美的气质，给人以极度的疏离感，根本无法让人憧憬肉欲的香艳极致。即便是当年，我们也没有发生什么。

确实，千绘，纤美修长，身材样貌丝毫不亚于美菱，而她那般被舞蹈与钢琴所修饰的美丽气质，却更胜美菱一筹。然而，她却不是系花。除了不是富二代，或许也因为她跟我一样，在读诸如《生命不能承受之轻》的书。她冷，她孤独，她给人一种疏离感。

所以，我们现在的相约，其实并不代表什么，她没有忆及我们已然死去的爱情，没有忆及它死亡的缘由，没有遗憾没有愧疚没有失落甚至也没有痛责，什么也没有。关于当年的事情，甚至那场意外事件，她什么都没有提。自然，她也没有对我们将来的任何勾勒。她来到这座城市，或者确实是只为她的业务。

一路开车回来，被闹市区无章而无度的霓虹刺得疲惫不堪，但躺在床上，却有一种执着的清醒始终在驱散着浓重的睡意。我知道千绘那般华丽的阴影，在我心头难能散去。尤其是跟美菱产生鲜明对比以后，一种强有力的孤独感在占据着我脆弱的心境。

手机在响，却无力再接。对爱与欲，恐被我遗落在某处，无法寻得。

又是个千篇一律的清晨，千篇一律的灰蒙蒙的雾霭，千篇一律的黯淡的晨旭，当然还有我千篇一律的生活。呈颗粒一般混在缓缓挪动的车流中，卑微的感觉让我变得怯懦，对于现实，我总是习惯地倾向于逃避。

而我确信，对于重逢，对于突如其来的希望，或说是幻想，就如同流星一样，一闪而过。我无法去把握。

在人民路堵车的时候，我看到路边的花店门前摆了一大桶粉色的红玫瑰，淡雅之至，就如同清晨淡淡的一个吻。突然，我做出决定，今晚下班，我要与美菱一起晚餐，还要买花给她。

其实，无论我们是否相爱，是否离婚，至少我们已经习惯彼此。

至于千绘，至于与千绘的重逢，就淡在这晨雾中吧。

第二章
Chapter Two

　　莎翁说过，一个最痛苦、最卑微、最为命运所屈辱的人，只要还抱有希望，便无所怨惧。

　　对这句话的真实性，从不质疑。因为作为一个为命运所屈辱的人，这是我得以生存的唯一依据。

　　公司的外贸部，一个美女如云的地方，更确切地讲，是一个知性美女云集的地方。她们中的大多都毕业于北外、上外、中传或者二外。任这个部门的总监已经三年，但我只对我现在的秘书卡珊满意，因为她美艳但不张扬，睿智而不阴险。我需要的人，IQ 要高，但 EQ 却不需要同样的那么高。传统的中国观念强调做人重于做事，但我确信我不需要身边存在一个人时刻想方设法把自己修饰得八面玲珑。

　　卡珊，90 后，或许她的全名应该叫作卡珊德拉（Cassandra），形同希腊神话中的特洛伊公主（同时也是太阳神阿波罗的女祭司）。我最为喜欢她，喜欢她的执着和率真。尽管她大学毕业刚刚只有一年，跟我的时间并不长。

　　或许，当下的风气，使几乎每一个所谓的成功男人都滥情，女人在他们眼里总是多多益善的。但我却一直非主流地坚守着我某种卑微的不为多数人认可的原则。

　　在很长的一段时间里，我与卡珊保持着正常的距离，而卡珊她也巧妙地掩藏着内心深重的欲望，并努力构建出一种轻松和谐且带有些许暧昧的上下级关系。她称呼我为老板，大方地与我讨论男人女人，偶尔用嗲嗲的吴语抱怨。她确实可以从某些方面洞穿我的心境，继而侵入进来。

　　临近下班的时候，我回忆起清晨上班路上的一个决定。我把卡珊找来，告诉她，订束花，如何搭配她替我决定。我想，带着一束花去按美菱的门铃，就不再那么单薄。但是，我总能预感到，这束花最终也不会送给美菱。似是我与美菱之间，总是冥冥之中就注定如此。

卡珊问我要把花送给谁。

我只回答，当然是送给女士。

下班，卡珊突然执意要搭我的车。她笑眯眯地对我说，顺路取花，然后听听我对她审美观的评价。

白色香水百合搭配淡紫色包装，其间又点缀了些蓝得可人的勿忘我。看到这束花的第一眼，就让我从花中攫取了一份淡雅的心境。

"很雅致的一种眼光。"我这样赞许卡珊。

然而，这束花我却不能送给美菱，不适合她，或者不适合我送给她。我们之间最最匮乏的或许就是这种清幽淡雅。

卡珊似乎察觉到我的心思。她很无辜地说："老板，我感觉能打动您的女人，应该是这种格调的。"

她的话像一道鲜红鲜红的闪电，瞬间划破了我的思绪，今天我所计划的一切似乎都随之破碎。我只是本能地想到了千绘。的确，卡珊说的没错，我喜欢这般格调的女人。这束花适合千绘，也适合我送给千绘。

而且，我与千绘之间，无论离苦抑或欢愉，并不是简单的十年时光就可以抹去的。

我把电话打给千绘。起初是无人接听，之后再打却被生硬地挂断。

一段忧伤而且痴情的歌声飘进脑中，是庾澄庆的《春泥》。似曾相识的一段情绪突袭而来，让我的回忆缄默。过去的一些事情，本就无从计议。

突然确认，这次与千绘的重逢，也不会再发生什么。或许，当年，大四毕业时发生的那个突发事件，影响太过深远。

那一夜，大四的毕业聚餐，美菱在醉酒后遭人性侵，而几乎所有人都认定是我干的。据说，当一个叫真真的女生推开包厢门的时候，看到的是我跟美菱各自深睡在一条沙发上。房间里只有我们两个人。

当然，如果因为这个千绘离开我，完全是我咎由自取，与人无怨。

可是，事实却远非这么简单。

卡珊下车，淡淡地道谢，道别，然后离开。

突然，我喊住她："卡珊，花送给你，你属于这种格调。"

"是吗？"她将信将疑地问道。

我淡淡地说。是的，很适合你。而事实上，并不适合原本我要送花的人。

她捧着这一束雅致的鲜花，站在路边，把嘴半掩在后面，微微笑着，沉思着。

我就这样静默地看着她。

突然，卡珊重新钻回到我的车里，笑意盈盈，"老板，有一个地方，我们可以去坐坐，属于你的格调。"

她那若隐若现的微笑，藏在花里，让人开始浮想。当然，今天这个始料未及的决定让我自己深感无措与不安，且认为，是与千绘的重逢在深远地影响着我。

我们到了一个很低调的 Pub，名字叫作 Just between You and Me。它的 logo 很有创意，单词 YOU 在左面而 ME 在右面，纵向的 JUST 竖在它们之间，故而称作 Just between You and Me（仅于你我之间）。

这家 Pub 非常有趣，只接待成对的客人，且两个人必须是情侣，但是，无论如何两人都必须要在进门之前亲吻一下，当然是 French Kiss（法式接吻），才算 OK。

刚刚坐定，我们就各自接到了一个电话。我想，这或许就是决定我们原本去处的电话。

而卡珊则很自然地对着电话那边撒了谎，说工作上临时有安排，无法赴约。

"男朋友？"我问。

"不是，就一普通朋友。"卡珊很随意地回答着。"现在咱俩是男女朋友。"

这家酒吧的装修风格很独特，阴暗的色调让人有着着实的冷意，但这并不影响对它美感的欣赏。那个美感本能地就给人一个可以安放空虚和寂寞的场所，你可以安全地隐在其中，肆意地发泄。

刚刚进门的时候，我对那个接吻的规矩着实诧异，而卡珊早就等在一旁，似是刻意在安排着这一切。

我轻轻地吻她，而卡珊却来得炽热浓烈。令我惶然。

但是后来她却直言不讳地告诉我，这并不是她所喜欢格调，选择来这里，只是因为陪我。她说她发现了我的寂寞和空落。

走出酒吧的时候，我在矛盾着接下来是不是要去美菱那里。

不过卡珊突如其来地带着些许酒意撒娇道："老板，刚才那可算作我陪你，接下来轮到你陪我去 High 了。"

位于复兴公园的 Park 97 是一个越夜越美丽的地方，因为它代言的那种情调就叫作不知疲倦的激情与悸动。暧昧的暖红色格调，几何式的装潢设计，冷粉色的光线以及富含达达主义的现代派油画，所有的这些元素都以一种无需掩饰的方式唤起着被迫隐

藏在现实世界中的梦和欲望。

这些魅人的灯红酒绿无规则地洒在铿锵的喧嚣中，让那些藏匿在薄薄烟雾中的眼神变得迷醉，也让那些灵魂在快感中继续地迷失。放纵与颓废都只不过是人们实现某种梦和欲望的一个途径而已。卡珊告诉我她对此的理解。

这是他们的所爱。但却无论如何也无法感染到我，或者我已习惯沉静地思索，之后目标明确地匆匆赶路。然而，卡珊固执地把我带入她的世界，已然显示出她拒绝迎合且鄙视规则的鲜明个性。这点，我倒是很喜欢。

她在舞池跳动，我只是坐在一边静默地看着她。她高挑的身材，袅娜的腰肢，透过五彩的灯影蛊惑着我的神经，我在清晰地打量着我蠢蠢欲动的欲望。

不过很快，我便清醒地否定了这些。只因我一直以来对那种滥情的所谓成功男人怀有强烈憎恨。

沉闷的酒精与荒芜的跳动，让一个人的神经自发地缠绕在一起，杂乱之至。卡珊多次向我招手，始终我未加理会。

当我们最终离开的时候，那些动感让卡珊身上原本很淡很淡的香水味浓重起来，形成一种肆无忌惮的诱惑。卡珊或有意或无意地把头歪在我的肩上，让我清晰地体会着这种纠缠不清的味道。

"我送你回去。"我推开她，冷漠地说道。

不用了，地铁很方便，而且，我还想自己走走。突然，她或是意识到了我的拒绝。

我没有坚持，独自开车离去。一股淡淡的味道还留在车里，让我陷入了茫然的沉思。

驱车到家，已是邻近午夜的时间。

开门，开灯，我竟惊奇地发现美菱正坐在我客厅的沙发上，眉头紧锁着，带着淡淡的怨恨。

"你跟她在一起。"美菱仰起头来，忿忿地问道。

"没有，公司有客户。"我本能地解释道。

"那你的客户还蛮前卫的。"

向来不喜欢女人饱含醋意的腔调，于是我冷冷地用目光对着她，等待回答。

"Givenchy（纪梵希）香水啊，不要告诉我你不知道她用的是 Givenchy 香水。"美菱用这般怨妇似的口气回应着，显然她说的是千绘，她的话不自然地让我忆起了我们在一起的某些日子。

然而，霎那间，Givenchy 的余味却透过表象刺穿我的思维，让我对一切回忆心生厌恶。

Givenchy 一款粉红色的香水，叫作倾城之魅（Very Irresistible）。婚后的第一个情人节，我买来送给美菱。美菱不悦，然后我们争吵起来。确实如美菱所言，这款香水本是千绘的最爱，始自大学时代。那时，千绘告诉我，她喜欢这款香水，抑或仅是因为她喜欢它雅致的粉色瓶子。我赞许，于是某次买了一瓶送到她的宿舍。当时，同宿舍的美菱对此记忆深刻。

所以，美菱的所有抱怨都是对的，我不回避，我确实希望把她比照千绘的一切来构建。之后，她狂怒，然后把香水瓶生硬地摔在玻璃茶几上。结果，这个魅惑的味道一直萦绕了我们数个月。

那一次，我突然清楚，我为何不可能强迫自己爱上美菱，继而接受她的一切。只因，多年与千绘交往的经历中，她已然潜移默化地改造了我对女人的品位，并使其固定下来坚实不催。

美菱见我沉默，把头歪向一边，表情严肃。

吊灯微微泛了黄的光线照在美菱憔悴的脸上，我知道，自始至终她都很投入。也因此，她跟我之间才有了比一般意义上情人之间更多的东西。

突然，我决定跟她摊牌。

点上一支烟，我坐在沙发的另一边。房间里的空气还是很冷漠，我们彼此的心情都交错在某个难以解释清楚的结上，心照不宣但难以启齿。

不过我知道，话我必须要说，仅为了彼此不再痛苦。淡淡的烟雾飘在空中，让我渐渐地在冰冷的寂静中找到了一丝安全感。我淡淡地开始："美菱，你听我说。"

她把脸转过来，眼神复杂地看着我。

"我想，我们还是分开吧。"我说。

"你说什么？"她突然愣了一下。

"我们还是分开吧。"空气沉重，但我还是强迫自己努力把话说完。

"就是因为她来了？"

"不。我只是感觉，我们在一起不能总是这样浑浑噩噩。我们毕竟，已经离婚。"

"虚伪！"美菱蹭的一下从沙发上站起来，拎起包来就走。我并不知道刚才的那句话对她的刺激有那么大。

"美菱——"我还是要试图安慰她。

她转过身来，失望地看我一眼，然后从包里拿出一串钥匙，气急败坏地丢在茶几上，转身大步离去。那是我家门的钥匙。

这样，我也意识到。我应该也必须把美菱的钥匙还给她，我迅速翻找。

美菱出去，重重地把门摔上。

"美菱,你的钥匙。"我追出门去,喊道。她的背影已闪过墙角。

闷闷的回音从四面八方渗透过来,让我的心猛然沉了一下,顿时一种执着的伤感占据了我的思维。我孤立在走廊里,看到电梯门已然关闭,数字开始变化。

之前,我并不曾想到,要在这个晚上中止与美菱的那般关系,预感中我们应是永远缠绕不清的,那般纠葛幽怨,即是矛盾是挣扎是痛苦煎熬亦是一种难得的幸福。而事实上,某些事件的发生就是在这样的突然之间,让人始料不及却又似冥冥之中已然注定。

再次看到手机的时候才发现,原来美菱在这个晚上规律地给我打了二十九个电话。突然对她抱有一种难以释怀的歉意,甚至开始后悔之前的决定过于草率和鲁莽。

看看窗外,夜,正频临着她的高潮,这个由无数的激情和快感揉杂而成的进行曲正在漫无边际的虚伪中荒芜地演奏着,我们或迷茫,或迷失。

突然,我的内心之中有了一点难以按耐的放纵,并且有古怪的怂恿感在推动着它。也许,我应该再次拨通千绘的电话,真真实实地挖掘一下内心深处的情感,把灵魂从某个冠冕堂皇的道德标准的泥淖里拯救出来。

其实与千绘的重逢,无论如何也已经使我的生活发生了涟漪。而今晚与美菱与卡珊所发生的这些,都在不同程度上坚定了我对千绘,如同当年的那般期待、渴求,甚或是追逐。

然而,打电话给她,却不曾得到应答,失落良久。

终于躺下,沉静地思索,之后冷冷睡去。

一个荒芜的梦境突袭而来,以致醒来之后,空落的感觉长时

间萦在心头，无法释怀。千绘出现在我的梦境中，作为一个生硬的闯入者。

大学校园，破旧冷清的自习室，与千绘坐在一起复习考试。共同听歌，之后千绘突然要求听谭咏麟的歌。似是买饮料一般去楼下店铺寻觅，一个四壁贴满杂乱海报的店铺，一个胖胖的精明的小姑娘，一张破旧的碟片。之后回自习室，却发现千绘已经不在。座位上留下一本翻开的村上春树的书，名字叫作《挪威的森林》。

去寻，无果。

"沈美菱。"不知是谁在轻唤美菱的名字，熟悉的一个声音，继而看到美菱的背影。追上去，于是心情诚然放松下来，一时间忘记了千绘。

跟随美菱一直走，走在草地间，转而又在草地间走来走去。突然她停下来，告诉我，她却并不喜欢这张碟片。看到她的脸庞，却突然想到，自己仿似应该找的人是千绘。

你找不到她，她已离去。美菱突然这样说，神情漠然，令人心生惧意。

执意去找千绘，意欲跑回之前的自习室，却怎么也找不到。昏暗的走廊仿似一个巨大的迷宫，将我困住……

于是醒来。在冰冷的黑暗中，追溯梦境。突然发现自己这许多年来对千绘持久不变的执着爱恋，如同根植于我内心深处的恐怖毒瘤。即便强迫自己努力遗忘，即便强迫自己疼痛地去找寻另外一种生活，那皆是枉然的。

现在，千绘来了，千绘的到来确系改变了我当下情感世界的格局，改变了我与美菱平稳已久的关系。但是，她始终于我，是未知的，不可求的。

千绘，始终还是我的一个心结，还有大四毕业聚餐后的事件。

那时的千绘，或者耳畔全然是美菱遭我酒后性侵的各色传言，她不堪重负。

清晨从睡梦中醒来，脑中还残存着或属于千绘或属于美菱的某种温度，那些暗藏美丽和惆怅的空落痕迹并不会因为我的清醒而褪去。

拉开窗帘。窗外又飘起了雨，这个城市的这个季节总是潮湿得让人不知所措，空气中的水分子富足得可以影响到一个人的思维甚至是感觉。在车里拨通千绘的电话。

我想，我应该已经足够执着。毕竟我们已重逢。

不管结果如何，至少我第二次努力过。

又是昏昏沉沉的一天，阴晦的天色把这座城市变得格外的灰，灰色的天，灰色的建筑，灰色的路面。机械地开着车，机械地思考，也是同样机械地生活，现代生活于多数人而言，无论怎样，仍旧是今天僵化地重复着昨天的一成不变和周而复始。这是生活的悲剧。

下班之前，卡珊直白地约我，这让我毫无准备地获得一种满足感。但是之后我婉言推拒。

这一天里，让我反思了很多东西。确实，现实的情爱世界已然类似于丛林，而物质即是弱肉强食的资本。

若非我当初处于食物链的最底层，或千绘根本不会为猥琐低劣的富二代屈身。我憎恨这种规则。所以，我必然会在我力所企及的范围内，将它推翻。我不会利用我现在的所谓成功，去占有身为 90 后的卡珊。

人的感情果如风云一般瞬息万变，就是这几日，美菱与卡珊

让我改变了一些东西，亦让我决定了一些东西。我在车里给千绘发了一条短信。

没想到，这一次，千绘却在回复的短信里定下了时间和地点。

莎翁说过，一个最痛苦、最卑微、最为命运所屈辱的人，只要还抱有希望，便无所怨惧。

笃信这句话，也许便是我无能适应现实的根源。或多数人已然认定，存在的即是合理的，不要质疑不要挣扎不要反抗，就只是修正自己只是适应。但我在保有希望的时候，不会妥协。

这一天里，我肯定了与美菱的分手，否定了卡珊的诱惑，继而在多年之后又确定了对千绘的锲而不舍！这或同样也是对爱情的锲而不舍。

我在心里放肆地笑，无论世俗如何，我还是在坚持。

加大了油门，我让车飞驰在了延安高架路上。对千绘，除了希望，我想，我始终抱有迫切。

第三章
Chapter Three

　　有位哲人或这么说过，一切情感都不例外地发生于悲剧之中。
我也如此认为，追溯悲情的过往确是一种强烈的催情剂。

　　我停好车，拿着一小束精致的蓝色妖姬走下来，进入餐馆，竟引来了不少的目光。

　　十分钟后，一辆白色的宝马车稳稳地停在了我的窗外。我看到千绘款款走下来，一套雍容华贵的装束拒人于千里之外。我突然觉得，现在的我擎一束花在她面前，已然让我自降身份到十年之前，十几岁二十刚出头的青涩少年往往才习惯这种方式。而持花的我跟现在的千绘，简直不搭调到了极点，不论我的手中拿的是 1 块钱一支的普通玫瑰还是 100 块钱一支的极品蓝色妖姬。

　　千绘接过花，只象征性地淡淡一笑，并没有太多的惊喜。

　　点餐之后，我略带忐忑地邀请千绘，希望能在周末一起走走。

　　她欣然答应，问去哪儿。

　　我告诉她："去哪儿都是次要的，只是走走。附近一些水乡古镇的小桥流水，清幽淡雅宁静致远，相信你应该会喜欢。"

　　千绘点头答应，说一切听我安排。并随后补充说，难得能有这样的心情、心境。

　　顺利的程度有些出乎意料，然而，半个小时之后的一个电话便不容置疑地让我的憧憬化为泡影。千绘挂掉电话之后，拎包起身，竟什么也不曾对我说。

　　我结账，尾随其后。

　　"什么事，这么急。"我提高了声音，情绪已然不受控制。

　　千绘没有听我说什么，径直地钻进了她的宝马车。最后，她摇下车窗，轻描淡写地说道："谢谢你送花给我。有时间再约。"

　　宝马车狂躁地驶离，留给我的只是多年不变的遗恨。

　　也或许是因为刚刚，我问起千绘。老公为什么同意让你独自到这里来。

她苦笑，依旧敷衍地回答，业务需要。

"感觉他不会到这座城市来，跟你一起住。"我说。

"不会。"千绘声音低沉，透着无可掩饰的虚弱，"他那边还有其他的工作。"

"为什么他不跟你一起来。"我在继续问。

紧接着，千绘接到一个突兀的电话，之后离开。

当然，我应该遵循一个渐进的过程，直言不讳地问及这些深入的问题或会刺痛她或会使我们的关系发生恶化。但如我之前所言，我怀揣有迫切，我需要一个明确的答案明确的态度，多年的苦痛如阴霾一般挥之不去，我已不堪再等。

千绘在分居，情势客观上确实对我有利。虽我无法确切知道，这段时日千绘发生了什么，但现实已然证明了我对其婚姻的断言。没有爱情的婚姻，是不可能幸福的。

而之于千绘和我，两人深爱，无论结局如何，对彼此产生的影响必是深远的。显然，我们都把彼此带入到了各自的婚姻之中。

我直白地把短信发过去，大意如此。旨在于让她明确我的所思所想，并不期待回复。然而。她确实也并未回复。在接下来的很长一段时间里，她都主动的消失在我的世界里，成为我一个空落的遗憾。

二十几天后，她再次联系我，感觉有些突然。

当时正坐在浦东机场的一家小茶座里，卡珊在我对面。

千绘说："其实很不巧，上次是因为出差。"

我冷淡地回答："没关系。"

她继续说："有一个项目。"

解释完毕，很快她又补充道，现在她还在澳洲呢。回国后，约我。

电话挂断之后，千绘发来微信。一张色彩凝重透着深重忧郁的照片。背靠着冬日的雅拉河，千绘站在阳光的阴影里，神情冷漠。

我对着手机思忖，神情尽被卡珊捕捉到。她突然暗自冷笑，鄙夷且轻浮的表情让我心生厌烦。她说："老板，您还蛮痴情的。"

我知道，痴情这个词用在这里，就如同被别人嘲为处男一样，是百分百的鄙视。但我仍要告诉卡珊，是的，我痴情。

我回微信告诉千绘，其实很巧，我马上也要去澳洲，现在就坐在机场。

千绘回复道："我在墨尔本。"

我沉默片刻，回复千绘说，我也会去墨尔本的。

其实我此行的目的地，是悉尼。

抵澳，然后安排好相关事情。于次日的下午再行飞往墨尔本。

到达墨尔本的时间是下午 4 点 25 分。天气不错，湛蓝的天空反衬着这城市的清澈和洁净。走出机场，第一件事情就是跟千绘联系，告诉她我已经到了。

"墨尔本？"她问得有些惊异。

"是的。刚下飞机。"我确定地告诉她。

她半开玩笑地说，拍张照片，发给她。

于是办完相关手续，从酒店走出来，第一件事情就是去往雅拉河畔，比照手机里的照片，找寻千绘之前拍过照的那个地点。

然而，当照片发送完毕，却再也接不通千绘的电话。然后，整个晚上，我只好在这座富含艺术气息的陌生城市，无谓地游荡。后来，喝醉回酒店。

卡珊打来电话。我突然厌倦了她对我带有崇拜色彩的闲聊，于是生硬地要结束对话。

她没有抱怨什么，只提醒我次日的议程，我需要赶最早一班航班回到悉尼。

然而，戏谑的是，当我回到悉尼之后，来自千绘的电话，又再度响起。

我不得不刨根问底。我说我昨天到了墨尔本，昨天下午，也拍了照片。

千绘诚挚道歉，说昨晚有应酬，手机被遗落在酒店的房间里。然后，她问我说，现在还在墨尔本吗？

我说，不了，但是，我会安排好手头的事情，再度回去的。最晚明天。

她似是带了零星遗憾的味道说，那算了吧，回上海再见吧。

不知是否算是一种情结，我特别希望能够跟她邂逅在这样一个异国他乡，这般感觉似更有情调更有艺术感，抑或可以更加激发我们的情感。于是我说，既然我们都来了，也应该在这里见一面。

千绘用抱歉的语气回答道："很不好意思，我……明天就要回去了。"

这次本被我幻想过多重可能的异域美妙之旅，就这样不知是否是简单的还是复杂的，无疾而终。

我的澳洲之旅，似已经结束。

晚上受邀参加Party，一切皆充斥着虚伪的寒暄及惯性的恭维，厌倦之至，于是很早便回到房间。卡珊却对此格外热衷，她操着一口时尚的英语，晃动着手中妩媚的红酒，穿梭于熙攘的人群之中，不知疲倦。

若非一个突然的插曲，或许我开始对她产生厌倦，并绝不可

能再有接下来的故事。而现实却是以一种始料未及的力量促使故事发生并最终逼迫它完成。

房间里很静，我打电话要酒，然后在看米兰·昆德拉的书。突然一阵炫目的嘈杂，震破了我平静的空气。

房门打开，见到卡珊有些失措地杵在门前，被人围绕，一个保安正试图了解情况。走廊里的黯淡光线分明地让我看到了卡珊脸上的无助。

我扑入人群，不由分说地将卡珊拉出来，而后很不礼貌地甩给他们一句话："YOU GUYS，GET AWAY！（你们这帮家伙，走开！）"

保安拦住我，友好但态度强硬地对我说，周围这几位先生怀疑这位小姐拿了他们的东西。

"BULLSHIT！（胡说八道！）"我用力拨开他，拉着卡珊走进房间。摔上房门。外面的嘈杂还在继续。

卡珊突然回身，开门对外面说："IF YOU GUYS SUPPOSE THAT I AM THE THIEF, THEN CALL THE POLICE, OTHERWISE, TAKE YOUR FUCKING STEPS AWAY.（如果你们这帮人怀疑我，那就报警，不然就他妈的赶紧滚。）"

突然被卡珊的脏话惹得兴奋起来。我拉她坐下来，然后倒酒给她。

接过酒杯，她淡淡一笑，很主动地与我干杯。

当我问到究竟发生什么，卡珊很干脆地将一条黄金链子丢在茶几上。

我惊愕。

卡珊起身倒酒，然后顺势坐到我身边。她告诉我，外面的那些人龌龊之极，在 Party 上专挑年轻女孩揩油。不只是对她。

"之后呢？"

有女孩与他们争执起来，很多人围过来，场面有一点混乱，我就趁机扯下了这东西。卡珊自顾自地喝酒，愈发兴奋起来。突然她摸起那条链子，在我眼前晃了一下，然后走进洗手间里，将它丢进了马桶。

我感到瞬间畅快起来，不可否认，卡珊的个性确实精彩极了。

"为我干一杯。"她露出一个青春的笑靥。

"干，当然要干。"

酒精似乎是一种特殊的物质，它可以穿透沉寂的空气，穿透昏暗的光线，穿透感觉，穿透思维，甚至穿透人们的整个意识领域。至少眼前它已让整个房间里充满它的味道。

端着酒杯，我们突然不自觉地偎在一起。卡珊身上的 Givenchy 散发着极度热烈的诱惑味道，使我的心头在温润中发痒。

"Givenchy 的 Very Irresistible（倾城之魅）。"

"是的。"

"为什么喜欢它。"

卡珊淡笑，"可能只是因为它造型雅致的粉色瓶子。"

夜在静默的游动中，不仅仅以时间为单位，有时它也可以用激情用欲望用快感来衡量。曾在之后很久的某个时刻，我对自己解释。或我的潜意识里，已然把卡珊作为某个时间的千绘来看待。

从一个清澈的梦境中醒来，感受着隔夜的酒精所带来的淡淡不适。

我认定那是一个从未有过的梦境，印象深刻。油油的绿草坪上，一个长发飘飘的小女孩，只四五岁的样子。她含着一块棒棒糖，

无辜的眼神让人感到极度的清澈。

我记得。我蹲下来问她问题，她只是摇摇头。

有风，她的长发在飘动。扫在我的脸上，有一股稚嫩的芬芳。草地上没有外人，安静得异常。

突然起雨。我拉她离开，她在挣扎。棒棒糖掉在地上，被我踏碎。她哭起来。

卡珊躺在我的身边，身体赤裸，只毛毯的一个角斜在下腹部。粉色的内衣裤连同丝袜，散落在暗红色的地毯上，带着十足的轻浮与轻蔑。

然后陷入深深的自责。涉及的不是冠冕的道德和保守的理念，而是突然发现为自己树立并坚守的信念亦甚至是信仰，正在简单的诱惑面前分崩离析，为自己所泯灭。

我跳下床，走进卫生间，带着沉痛的一种情绪对着镜子里的自己。曾经，最为我深恶痛绝的便是凭借物质成功的光环占有年轻女孩的男人，可现在自己俨然一副如此嘴脸。这当如何面对。

我有些混乱。

只是卡珊醒来，却显得淡然。穿好衣服自卧室出来，她表情自然地跟我打招呼，并问我一夜睡得如何。

我看到，两个酒瓶倒在一侧的推车上，两只高脚酒杯中各自还残留着一点黄褐色的液体。那，渗透着我们之间的所谓初夜。

隐约记得，昨夜的酒后，卡珊对我讲她的故事：

"至今，我都未曾见过我的父亲，不知道他是谁。只有母亲账户上不规律的汇款，证明着他的存在。当然，他并不曾与母亲结婚。他告诉母亲，他无法走进婚姻，庸碌的婚姻生活会劫持他们纯净的爱，即便母亲怀孕，亦是如此。

"母亲说：好。你可以离开。只是等待我生下这个孩子，至少，你要见见他。

"于是，他说，他一无所有，无能给予，无力支撑，世俗生活的浑浑噩噩于他而言是一个恐怖的黑洞，他必须离开。虽然，他亦有无限的不舍，但最终离开。

"母亲被外公自家中赶出，居住在城郊一处闲置的破旧仓库里。曾经优雅的她被迫承接一些诸如缝缝补补的工作度日，偶尔写稿，与世隔绝。记得她会看一些书，诸如《安娜·卡列尼娜》之类的女性悲剧。

"我憎恨这些。16岁的时候，我把她的书统统烧掉，之后出走。去往一个叫黎里的小镇。喜欢古镇上光阴近似凝固的感觉，曾执意要留在那里，做工，生活。

"一段苦痛的挣扎过后，痛苦地回来。决定抛弃一切，且必须教会自己仇恨。于是高考结束，报了上海的学校。之后，未曾再回去。一度皆以一个坚强乐观的虚伪面具掩饰自己。然而，承受得越多，痛苦自然越多。"

喝干杯中的酒。卡珊似是痛苦地把头低下，让略显交瘁的面容深深地埋在头发里。

对于她的故事，我确信其真实度以及震撼力。只是我无从加以评价。卡珊的父亲，一个清高到无法在世俗生活里存在的男人，冷漠，单纯，固执，且又是真实的。他把自己的痛苦无情地留给了女儿，却也让女儿遗传了自己的雅致。

打电话，叫来第二瓶酒。

卡珊继续她痛苦的陈述："大学里，我不谈恋爱。我憎恨单纯的男人。清高于我而言，只是不自知不自量的体现。但是，我

也憎恨世俗的男人，八面玲珑的市侩嘴脸，总不可避免地令人作呕。只是，无论我们愿不愿意，最终必须回归到现实。现实的力量是强大的，不可抗拒的。所以，我不恋爱。

"我做三份工，以维持我超出普通学生的物质需要。我可以在奢华中放纵，亦可以在贫乏中淡定，但我必须做一个与别人不相同的人。"

我突然得到一种灵感，这种灵感暗示我产生对卡珊的真实感情。确实，卡珊被作为一个女人看待，她与林千绘有着惊人的相似。我跳出来站在第三方的视角，多番比照，得出这个结论。

后来。卡珊冲进卫生间，把自己锁在里面。呕吐，并且哭泣。

我在外面静静守着，等待她出来，并不发出声音打扰她。

原本这应该是一个悲情的夜晚，但我们却最终赤裸着醒在一个布满晨曦的黎明。所以，有位哲人或这么说过。一切情感都不例外地发生于悲剧之中。我也如此认为，追溯悲情的过往确是一种强烈的催情剂。

之前，曾深刻地对卡珊的媚俗产生厌恶。然而，这一切皆在一个夜晚洗刷干净。

我对卡珊产生一种相似于对千绘的爱抑或是占有欲，虽然我尚难确定其具体形态。只是我无法打算，并且深陷不安。因为我知道，与卡珊偶发的关系，并不会被她认定是爱情，亦不是玩耍，不会来去匆匆，一夜过后两忘烟水里。或她赤裸裸的目的性和不可测的欲望值，令人畏惧。

然而，卡珊的一切，却出奇的泰然。在外，她举止有度，大方自然，而与我独处，她已然把我们的关系从容地推向一种暧昧。而我自觉对她包含有一定感情，并无意控制且增加距离。有时甚至在想，如果能够就此这般生活在澳洲，逃离现实逃离过去逃离一切的关系。但是，如此臆想只能体会在雅拉河冬日凝重的夜色里。

现实却总在逼迫我们。谈判结束，飞回我们生活的城市，一切必将结束，而另外的一切又必将开始。

下飞机便接到了千绘的电话，简短问候，然后约定时间一起吃饭。卡珊坐在我的身边，我对千绘给出了否定的答案。我这样说，集团高层正等我前往汇报工作。之后，我打给你。

千绘不同于美菱。她欣然挂掉电话，语气平和。而美菱在以往总是会不辨真伪地脾气大发，她很强势很明确地以自我为中心。所以千绘有时说，一个漂亮女人如果不足够聪明，是不容易得到幸福的。

向集团高层简单汇报过后，与卡珊一同离开。接下来，是否要与千绘再次取得联系，我有些进退维谷。而卡珊就紧紧地贴在我身边，无意离去。

突然，她懦懦地说："老板，可以搭您的车……"

我对卡珊说："当然可以。"

车行驶在延安东高架上，伴着夜的流光溢彩在飞驰。一路无话。

我不曾想与卡珊再发生什么，然而卡珊却有意将话说破："老板，一会儿如果您没有其他约会，或者我们可以去其他地方坐坐。"

我原本清楚地认定，我们不应该将话道破，而事实上卡珊确实是一个不按规则出牌的人。澳洲的那个夜晚已然清晰地镌刻在我的道德体系之上，生硬地从里面走出来，我尚难做到。当然，或我的这一点已然被卡珊看穿。

终于没有再跟千绘取得联系。自卑地认识到自己确无能力周旋于多个女人之间，或可归因于我十几年来对那类所谓于情场弄

潮的成功男人的刻骨憎恨，潜意识里无法让自己也如此。

　　与卡珊走进一家安静的酒吧，喝淡淡的酒，然后听卡珊的故事。她的个性和经历，已然超越她曼妙的身体，成为诱惑我的最强烈因素。

　　午夜时分，卡珊坚持自行打车离开。我不解其义，但尊重亦不妄加猜疑。

　　我还是一个人，伴着卡珊留在车里的余味，孤独地行走在城市阑珊的灯火间。有目的地但没有目的。家这个概念对我来说始终都很冷漠，多年客居于此，即便购房也无法摆脱它于我的那番模糊且凝重的距离感。

　　电梯停下，走廊里那熟悉的昏暗灯光又一次进入并主宰了我的世界。联想到，一种空洞的感觉突然吞噬生命中一切物质及理念的场景，就如同在地铁站里盯着黑洞洞的隧道。

　　又是在这类似曾相识的感觉中，我看到了美菱。最初闪现在地铁站的她曾让我的视野里充满光明，但这次的她却给我带来了一丝含有恐惧感的黯淡。

　　她蹲在我家门口角落里，低着头把脸埋在垂下来的秀发里。

　　"美菱。"我轻声喊她。

　　她站起身，扑到我的怀里，我能感觉到，有两颗晶莹的泪珠又一次滑过她脸上那两条已然干枯的泪痕。

　　大学毕业后的第二年。我们在这座城市初遇。

　　还记得那是个雷电交加，风狂雨躁的日子。初到这个城市，并不清楚台风习惯在什么时间登陆。暴雨突然发生，像水刀似的，疯狂地蚕食着这片已被后工业时代的人类文明打下深深烙印的土地。毫不留情。

地铁站里弥散着浓重的水的味道，混迹在湿漉漉的人群之中，自始至终经历着极度的压抑。

突然看到美菱，她轻盈地走来，似从天而降。高跟鞋发出的清脆声响，突兀地印入我的记忆。

"Hi。没想到在这里能遇到你。"

"呃，是，是啊。"对此，我深感突然，以致形成一种对理性影响久远的首因效应。

她的出现顿时让我潮闷的视野里爽朗起来，而我亦在这般焦灼的雨中找到了些许情爱的感觉。于是，便有了我们之后的故事。

大四毕业聚餐后的意外事件发生之后，在种种扑朔迷离之间，我向美菱坦白说，是我做的，然后并祈求她的原谅。

令所有人都瞠目结舌的是，美菱在感动，她说她深深地爱我，她甚至私下说那是她梦寐以求的时刻。然后，她带我去见她的父母。

后来，千绘在一个飘雨的日子与我分手，而美菱则选择了一个阳光明媚的日子，把我带回了她的家。开着她那辆自学生时代就开的红色马自达6。

只不过，之后的日子，是我今生几乎是最最灰色的梦魇。她的父亲颐指气使地谩骂我，而她的母亲尖酸刻薄地挖苦我。即便是在美菱以死相逼的情势下，依然没有控制得了局面，她的父母拒绝我，并冷冷地说，与美菱发生的事情根本也用不着我负责，我不配负责。

是的，我不配负责。我不配做那般豪门的女婿。

终于，我离开了那座城市。

　　然而，今日，又是一个让人悸动的夜晚。

　　原本在我的意识里，这个时间的故事，应该是发生在我与卡珊身上，抑或我与千绘身上。然而，美菱却似固然存在于我生命里的一个人物，无论如何我也无法摆脱。就如同我所说的，那场意外缠绕着我们，始终。

　　终于，我还是随美菱去到了她的家里。

　　美菱换上了一件粉红色的睡裙。配合着周围柔和的光线和舒缓的音乐，她总能把人的遐想引入歧途。我心理上，我好像对这般情境无限渴念却也惧怕。

　　理性地反思一下，美菱也是当下流行语里所谓的那类性感尤物，她削肩细腰，但胸丰臀圆，胴体光洁似玉，四肢妖娆如虹。她的光辉，任何东西都遮挡不住，包括思维和理性。如果哪个男人冠冕地拒绝这些，只可说明他的虚伪和浅薄。

　　不过自始至终，我们共同拥有的还只是这个过程。结束以后，我还是习惯性地点上了一支烟，慵懒地靠在床头上，伴随着唱机里流出的舒缓音乐，继续着我那断断续续的思索。

　　光着脚，美菱又站在了窗前，痴痴地凝望着远方。

　　"美菱，能告诉我，为什么还要让我到你这里来？"

　　"只是希望我们能重新开始。"

　　"可是，我们确实已经分开了。离婚了。"

　　美菱回过头来，声音凄然："离婚了也可以在一起，而且，离婚后这几个月我们一直在一起，为什么现在要分开，因为林千绘来了，是吗？"

　　我否定，"不是的，只是因为我们之间不存在爱情。"

　　"不存在爱情，我们当初为什么要结婚。"

　　"我……我曾尝试着去爱你。"

"你是为了仇恨吧，仇恨当年我父母对你的鄙视，对你的拒绝，所以，后来我来上海，你才会娶我。你不爱我，但你却为了仇恨，为了报复我父母而娶我。"美菱忿忿地说。

"可是当年，当年是谁逼着我要结婚的，大四毕业之后，是你硬拉着我去见你父母的……"

"那是因为当年你强奸了我！你要负责！"

"不是我！"

"不是你？"美菱突然愣了。

我的情绪有些失控了，以至于刚刚我把十年前的定论彻底推翻。

"不是你？不是你是谁？还有别人吗？"美菱一半气愤，而一半亦是想象到一种新的答案。

当年的事件，就在这般扑朔迷离间，混乱了十年。我想，如果不是今天这般情势，我也不会脱口否定当年的既成事实。事情已然如此这般，十年了，事实已经不再重要。

我转开话锋，我说："是，我负责，我要负责，可是，是你父母说，我不配负责！"

"是我要与你结婚，而不是我父母，你赌什么气呢？"

我微微叹了口气，说："美菱，当年，我是本着负责的态度与你结婚，也想努力地爱上你，而且，你在毕业聚餐上，用西班牙语给我唱的情歌，我也很感动……"

"别说了……"听到这里，美菱开始抽泣了。

"我也一直希望，结婚就是我们两个人的事情，可是在我们那座保守的小城，结婚不是……"

沉默了良久，我才继续把话说下去："所以，我来到了上海。我在上海，才可以跟你结婚……"

"好，就算你说得都对，那么在上海，我们结婚以后呢……"

"我们不适合，我相信，我们也都努力过，可是，我们之间始终没有爱情……"

"没有爱情？你……没有爱情，你为什么要占有我的身体，你只占有我的身体而不给我爱情……"

突然，我不想再说。始终，美菱都不会承认，是我们世俗庸俗的婚姻毁掉了我们尚在萌芽的爱情。其实我们生活在上海，亦难能摆脱她抑或来自她们家庭那般世俗的物质观念所产生的干扰。我任由美菱继续说下去。如果非要认定某人要对这段失败的婚姻负责，那么就由我承担一切责任吧。

美菱继续说："我们的婚姻不是闪婚。自你读研开始，我就来到这里，一直到去年我们结婚。我们一直在交往，我们玩的不是游戏，我们是为了最终的婚姻，才在一起的……"

美菱的眼泪流了出来，梨花带雨的样子，愈发使人心痛。

我无力再解释什么。我只是想到了千绘曾经说过的话。一个漂亮女人如果不足够聪明，是不容易得到幸福的。

而美菱自然不认为如此，丽质且富有，围绕在身边的男人难以计数。而她恰恰选择了一个不会围绕她的人。大学毕业第二年，美菱为了逃避父亲刻意安排的联姻，选择了逃离至此。而这恰恰也成为了我当初对其产生好感的缘由之一。

最后，美菱对我说。从此，即便我不能够对她恢复爱意，即便我们之间没有爱情，也希望我能与她继续生活在一起，就像前些日子。

我问及这背后的意义。

她说，这是她精神上对我的依存。

我知道这是有意要给千绘一个信号，彻底断绝我跟她的可能性。

美菱突然无法自控，瞬间她暴躁起来，开始摔砸一切可以用来发泄的东西。"你为什么总是不断地惦念着她，当初是她贪图庸俗的物质生活，背叛了你。而我，这么多年陪伴在你身边，怎么就不能唤起你的丝毫感情。"

突然感觉她将什么东西丢掷到我的额头上，然后我感到自己温热的血液流出，一股黏稠的腥涩味道被嗅到，心里竟一时无法体会到是怎样的一种感觉。

血滴到地板上，我看到了凌乱的水晶碎片。那是我的那只烟灰缸，结婚伊始，美菱送我的礼物。

美菱有些慌乱，一沓抽纸按在我的伤口上，她的手在剧烈颤抖。

"对不起对不起，对不起，我只是，无法控制我自己。我太过爱你。"

我否定她。然后毅然离开，踏着凌晨两点的朔气出门，开车回家。美菱不停地发短信追忆我们的往昔，也在不停地谴责。我关掉手机，然后在酒精的强烈麻醉下睡去。

漫长的一夜终于结束。

第三章 Chapter Three

　　爱情或许可以被认定是两个人精神层次的高度统一，但婚姻不是。婚姻是两个人在现实生活中需索的制衡。

请假。一周以后去上班，借口是摔伤。这段时间里，千绘曾几次打来电话，皆被我以工作缘由推脱。我无法告诉她我与美菱发生的一切。

而卡珊借工作之故，频频与我打电话，并意欲探视。我坚持不将地址告知，只与她安排工作。

美菱在敲门。我一次次听到她呼唤的声音。我不发出任何声响，只是把她冷在门外。

爱情绝非一个概念一种感受一段经历，亦不是可以简单地如同权衡利益一般用理性思维就可解决的。

上班第一天，上午九点。拨通千绘的电话，这段时间我们彼此相互冷漠，产生强烈的疏离感，他乡重逢，于我们的意义，已荡然无存。千绘无暇聆听，只压低声音说了句开会，之后挂掉电话。

卡珊对我却异常紧张，关切的语气几乎让我们的私密关系昭然若揭。整整一天，她都固定在我办公室里，有意加剧我们的暧昧。她曾突然拨开我的头发看我额头上的伤疤，这一举动让我猝不及防，一旦想到我们工作之中的关系就这么被她不经意地砸破，严重的不安全感立刻梗在心间。

我或者完全有理由喜欢她并且爱上她，只是我有信念。利用所谓成功男人的虚伪光环，与一个比自己小十几岁的女人上演忘年恋，即使存在真爱，或亦是无耻的。我憎恨忘年恋。

下班时间，继续与千绘联系。千绘只说，有客户要约见，晚些时间打给我。

不知怎么，听到这个答案，我竟有一丝离奇的轻松。拿包出去，看到卡珊已然在外面等候。

被诸多同事看到，她只从容一笑。

进到车里。我告诫她，人多口杂，不要这样。

卡珊轻松对答："无妨。我是你的秘书，之前很久，我们都习惯性地一起出入。现在选择避嫌，只是心理因素作怪。欲盖弥彰。"

我无言。

卡珊于这个普通日子，不期而至的攻击性，令我有些无措。受用即极度忐忑，而拒绝则颇感无力。

还是衡山路上的那家酒吧，粉红色的格调，给人一种香艳且雅致的氛围。千绘初到这里，就曾把我约到这个地方。

现在面对着卡珊，我感到了前所未有的一种矛盾，它让我焦灼到了极点。一方面，我顾念着这许多年始终在折磨我的追求——千绘，以及这般追求背后的刻骨憎恨；而另一方面，又希望能够逃避它，转而向潜规则投降，直接给予卡珊一个婚姻，遁入世俗的生活。

我质询卡珊："我们之间，有可能真正产生爱吗。"

"爱重要吗？"卡珊反问道。

"于我而言，重要。"

"对当下的多数人，却不是这样。现在看来，爱情或者已经不能成为婚姻的理由，而婚姻也未必要基于爱情的基础上。"卡珊这样作答。

"那么，什么是充分理由，婚姻应该基于什么之上。"

"需索。有位作家特别喜欢用这个词。爱情或许可以被认定是两个人精神层次的高度统一，但婚姻不是。婚姻是两个人在现实生活中需索的制衡。你能够满足我的需要，而我能够负担你的索取。这就足够了。现实如此，不管你承认不承认。"

　　我冷笑一下，不曾想到卡珊会用哲学的概念来解释这种世俗的谬论。我说："或许吧。但是，现实怎么样，于我无干。在可被我自己掌控的范围内，我拒绝现实的规则。在我的规则里，必须需要爱情。"

　　卡珊突然被我的话压制住，她无法作答。或许，她不曾想到，这个年代，还会有如此这般信仰爱情的人。

　　我低头喝酒，而卡珊突然离开座位，走到静默的钢琴前面，弹奏了一个能让回忆凝固的曲子。脑中相继出现幻像，卡珊在大学的琴房，手指在琴键间起伏，琴声悠扬飘向窗外，卡珊的母亲蜗居于一黑暗平房，指尖轻触书页，发出淡淡的沙沙声。

　　那个曲子的名称叫作《星空》，我隐约地记得。

　　之后，卡珊一直在喝酒，且要求喝伏特加。

　　我劝她不住，只能任由她喝醉。而后我再要说些什么，她都无意要理睬。刚刚一番意识形态上针尖麦芒的对决，她或已有些自感无趣，心灰意冷。

　　如果不是突如其来的风波，或她真的会沉沉睡去。

　　起身去洗手间的时候，竟然与一熟悉的身影擦肩而过，是千绘。我们的眼神在很偶然的一瞬碰触到一起，却发生了万千的交流。猜疑、怨恨、嘲讽、嫉妒，一切的情感都在此刻完毕。

　　有一种默契的心照不宣存在于我们之间，我们都无需对方的解释。

　　我说："很巧合。"

　　她说："我喜欢这里，气氛很好。"

　　卡珊似在座位上看到这一幕，起身来到我身边，挽着我的胳膊问道："老朋友？"

我说："是的，大学同学。"

而这时，从吧台那边走来膀大腰圆的这么一位，他看也没看这边，生硬地抓起千绘来就要走。我确信那不是千绘的老公。

千绘离开，匆忙之中，丢下这么一句话："有时间，再联系吧。"

卡珊用迷醉的眼神瞪着我，嘴角肆意地浮现出放荡的微笑。看得出来，这次她是在真正地嘲笑。

卡珊住在交大附近的一幢古旧的二层小楼里，房子是租的。陈腐的气味让我回忆起了我初到这座城市的日子。

卡珊邀请我上去。我起初拒绝，于是她便有些不悦。

我问："一个人住。"

她干脆地回答："是。"

"房租多少。"

"两千。"

顺着阴暗的楼梯上去，是一段狭窄的走廊，走廊尽头便是卡珊的住处。然而，推开那扇破损的门，却毫无准备地被惊呆。

房间不大，陈设拥挤，角落里的一张电脑桌前，正坐了一个稚气未脱的青涩男孩，目光固定在电脑上，恣意地完成着他于那个虚拟世界虚妄的杀戮。

看到我们进来，他诚然懵了。是坐是站，他竟有些不知所措。

卡珊对我说："老板，您不是总在谈真爱吗，这就是我的真爱，大学毕业之后宅在家里，不工作，一切吃穿用度全靠我来养。老板，我想问问你，如果你有一个女儿，你愿意她跟这种男人生活在一起吗？"

就在这个窄仄的房间里，突然上演如此一幕，不光是卡珊的男友，其实我也有些无措。

卡珊继续，似是对长久压抑的一种暴戾发泄。

"是的，他读书，他内涵，他也懂得米兰·昆德拉懂得亨利·米勒，可是有什么用，现在的社会，文艺就是颓废，而颓废只会加重你生活的贫困，对你的现实没有任何意义。"

卡珊突然狂怒起来，我看到她走到一个雅致的小书架前，把书掀到地上，拼命去踩。

这时，她的男友似是如梦初醒，他上前去拦卡珊，被卡珊拼命推开。继而，略带思索，又跨过床铺向我冲来。

或许，我在静默地等待一场战斗。然而，卡珊的男友却最终没有让战斗起始，他只是站在我的面前，愤然，并继续无措。

如此这般的情势，突然唤起了我的一种同情。

卡珊似是突然又不希望再发生什么，见状，她随即冷静下来，跑过来隔在我们中间。

"他是谁？"卡珊的男友终于问出话。

面对质问，卡珊再次暴戾地发泄起来："是谁？是我的老板。今天晚上，我就是跟他在一起。你不上班，我的工作就是这样，我不仅要陪他工作，我还要陪他吃饭，陪他喝酒，最后，陪他上床！"

"卡珊，你胡说什么。"

卡珊突然把戏导演到这般，令我着实不知所措。我打断她，但事实上我也并不知道接下来该怎样才好。

卡珊冷笑，转身面对我。"怎么，这个时候，不敢承认了。我们在悉尼……"

话到这里，战斗似是在所难免，我看得到，卡珊的男友在颤抖，在斗争，在挣扎。

卡珊的话戛然而止，她静下来在等待着什么。

之后，卡珊的男友不得不抄起家伙，开始战斗。我夺下他的武器，把他推倒在床上。这时，卡珊才再次出场。

她跑过来，使劲儿推开我。"你要干什么？"

我冷笑。"我只是希望他能知道，维护不住自己的所爱之人，是永远不会被同情的。无所谓你读过多少书，境界和层次有多高。这就是现实。"

卡珊的男友亦在冷笑。"你这种除了钱什么都没有的人，能懂得什么。"

我转身对着他。我说："你错了。曾经我跟你有过相同的遭遇，曾经我也读很多书自认为层次很高。但现实的规则不会把这些计作你的筹码。你可以把自己层次摆得很高，但前提是你必须粉碎并掌控你的现实。"

他们，无论是谁，或者在被现实改变之前都曾是雅致的人。

武器被我丢掷在地上，那是一只精致的金属工艺品，一尊修长的人体像，好像是太阳神阿波罗。

我离开。自感无比抑郁，转瞬之间又成为一个令自己羞耻并绝望的角色。毫无准备。

此刻突然想到，这般情境似是卡珊的精心安排。在刚才送她回来的路上，卡珊暴戾地与我争吵。

她质问我："你把我当什么，在你心里？"

我坦诚回答："说不好，我确实非常喜欢你，并且，我确实单身。但是，好像无法真正爱你。"

卡珊自嘲："我却宁愿你不是单身。"

"为什么？"

"如果你有老婆，你爱上我，那么我或许会成为你的未来，可是现实是，我们之间已然有了事实，可你却把别人当成追求的

目标。我，或者就只是你将要翻过去的那一页。"

"不。不是这样。"

"那我们之间算是什么。我仅仅是你发泄的工具。"

"我想，我对你讲过，爱情不是一个单纯的概念或者无谓的承诺。它需要双方现实意义上迸发自内心深处的情感，需要灵与肉的和谐统一。"

卡珊毫不客气地打断我："爱情，不是借口，不是你不负责任的托词。你如果不能在灵魂上统一，为什么要占据肉体。"

"如果你需要我负责，我会的。"

突然被卡珊逼得无语，无奈之下竟突然有了毋有所谓的念头。确实，当下的多数人包括流行的行为准则，更多重视的是律法，而非道德。但我并非如此。

卡珊说："或许，我们在澳洲的那一夜，你可以说成是你酒后的不清醒，是某种情感刺激下的冲动，但是我是清醒的是认真的。其实，我也并不希望拿陈腐的责任来牵制你。只是，我认定了你是一个道德感和责任感都很强的男人，所以才会不顾一切的爱上你。"

"不要说爱，你并不相信爱。让我静静，给我时间，让我想清楚，让我们都想清楚。"

"好。但我并不是不相信爱，只是我可能更加相信现实，我被现实所逼迫，其实也已经没有退路。"最后这一句话，卡珊似是在喃喃自语。

然后，我们就到了卡珊的家。

不论如何，决定与卡珊分开。我可以负责，但那似乎于卡珊而言，是不公。有些时候，负责，更是一种脱责和逃避。

曾经，我是一个负责任的好男人。

大四毕业的那宗意外事件发生之后，尽管我对美菱并没有感情，但我决定对她负责。大学四年，她都一直公开地爱恋我，只不过，我却一直跟千绘在一起。她是个失败者，就如同千绘的那句话，一个漂亮女人，如果不足够聪明，是不会幸福的。

那场聚会，她借着酒意为我完整地唱了一首缠绵的西班牙情歌，用的是西班牙语。是时，她性感的声音，醉倒了无数在场男生。确实，我也为她感动。

很多人都希望我们在一起，在一起，在一起……

但事实上，我的目光始终都没有离开千绘。

后来的事件，迷离模糊，我担当了元凶。美菱却表现出无比的欢欣，她说她希望有这一天。

我问她，如果你需要我负责任，我一定负，并努力让自己好好地爱你。

美菱，对我的责任感表示满意。

然而，责任？这就是责任。我们或认为很简单很高尚的东西，却为世人看得恬不知耻。当时，无数人认定，我所谓的责任，是一个让我攀附权贵入赘豪门的借口，我是借着责任，娶到了多少人梦寐以求的白富美。我是无所不用极其地接近豪门闺秀，然后还标榜自己有责任感。婊子立牌坊，他们都这样骂我。

但尽管如此，我还坚持着我的责任。

然而，即是千绘在与我分手的时候，她还作一副放开我的姿态。或她认为，放我去追求一个更有钱的女人，她是无私的是大度的。可事实是，恰是她，嫁了一个暴发户的儿子。

或许，时至今日，这些已然无谓。但责任二字，我却无力再当。

我不会借责任之名，占有一个 90 后比我小十几岁的女孩。

当即拟好给卡珊加薪的方案，报送人力。我只能这样做。

第二日上班，卡珊的情绪很是异样，抑郁、冰冷，且充斥着憎恨的迹象。我离开之后，她与她的男友发生了什么，我似是已然猜到。

我告诉卡珊，要对她的薪酬进行调整。

而卡珊却冷淡地对我说，她要辞职，她的男友需要她辞职。

我回答说，我们之间不会有继续的发展。他大可放心。

"你真的这么决定。"

"是的。我这么决定。"

"我们之间就这么结束。"

"只能这样，不然，我们还能怎样？当然，我会尽力补偿。"

"补偿，补偿什么。加薪，升职？我可以明确地告诉你，就因为你是一个成功男人，你可以把每一个试图接近你的女人假想成贪图物质的浅薄女人。但是，我需要的不是你身后的物质享受，而是你在成功过程之中本身存在的人格魅力。"

我点头。"好吧，卡珊，不管怎样，你先出去吧。"

卡珊的话突然让我对她恨之入骨，我已然无意再行吵下去。

我确信，在冷酷的现实面前，多数的所谓成功男人，都有一段鲜为人知的卧薪尝胆卑躬屈膝甚至不择手段的经历。本来，它们使人丑恶，可这些竟被多数世人视为无比灿烂的光环。这便是所谓的悲剧。

只不过在现实生活中，事业的成功本就与对物质的占有，形成统一，而多数人认定这没有什么不妥。比如有钱的成功男人就应该占有年轻漂亮的女人，甚至占有多个。这种无耻的规则，在现实中，已冠冕堂皇被人接受。

但是，我不接受。所以，无论卡珊接下来要做什么，我皆坚持我的决定。

然而，卡珊声称辞职，却并不曾有实际行动。争吵之后接下来的几天，她在我们之间始终都保持了一种冷漠且平和的姿态。

真正的雨季终于来临。狂风席卷而来，暴雨倾盆，像是在强暴这座城市。电闪雷鸣，如锣鼓铿锵，是为这罪恶而演奏的进行曲。

坐在屋里，透过落地窗看外面淋漓的世界，我有些不安。千绘就在这座城市，但却消失在我的世界里。

上次酒吧里的偶遇，在一个错误的时间，带着错误的人，我们对彼此都没有解释。

对与错的天平在我冷静的时候又焦躁地缠绕了我。

此次既是重逢在这座城市，我想我应该坚定不移地去获取自己持久以来未能得到的幸福，至少是一个结局，一个答案。然而，千绘对我的空旷，却使我在无限的焦灼里，对卡珊不可思议的爱恨之间得到了一些真实的感觉。如果千绘再不给我答案，我预想到或者将来的某一天自己会不可救药地爱上卡珊。人，在现实面前，可能一直执着，但不可能一直愚昧。

此刻，卡珊在外面整理材料，她不停地放她喜欢的那首歌——《The Color of the Night》。

You and I, moving in the dark

Bodies close, but souls apart

整个下午，这夹杂着华丽和性感的忧郁歌词都像罂粟花香一样，直接流入了我的脑中，麻痹我的同时，又不时地让我感觉到清醒的空虚与可怕。卡珊，作为一种概念在渐进地渗入到我的脑中。

闲聊，我问及卡珊："你跟男朋友怎样了？"

她冷漠对答："不怎样。"

"你们还在一起吗？我是说，你们还住在一起吗？"

卡珊冷笑，"不然，你要我住在哪里？"

我无话。

卡珊却冰冷地继续说："我们在大学的时候，就在一起，一起看过流星雨，一起坐在海边冲浪，一起登过雪山，我走不了的路，都是他背我。我们有真爱，但真爱在现实的面前，不堪一击。人，总需要吃饭，需要穿漂亮的衣服，需要一个安适的居所……而且，我需要一辆车，而不是每天被挤在地铁里面被猥琐男揩油……"

卡珊耸耸肩，"这些，真爱给不了，真爱在现实面前，没有任何意义。"

"我的父亲和母亲，也存在真爱。他们为了所谓真爱，各自背叛家庭，私定终身，继而私奔，彼此相守在城郊的废弃房屋里。没有门窗，没有被褥，冬日里两人就挤在一起，用彼此的体温来温暖对方，现实残酷，但是他们温馨而浪漫。就是这样，他们一起挨饿受冻，一起遭人白眼，一起颠沛流离……很多年，但是，没有修成正果。最终，我母亲的结局，即是如同她所读的那些女性悲剧一般。说到这里，卡珊沉重地悲叹一声，似是夹杂了对现实十足的怨恨。"

她又在强调，真爱在现实面前，没有任何意义。

我无从评价。只是突然，我亦想到我的真爱。我自诩为一个坚守真爱的人，然而，在千绘未曾来到这座城市的很长一段时间里，我一直维系着游离于千绘之外的跟美菱的那种密切的关系。我的真爱哪儿去了。

我不断地对自己产生质疑。或许我所坚守的真爱，都如海市蜃楼。

为了证明事实并非如此，为了证明我还有真爱，还在坚持真爱，我必须约千绘出来，索要一个答案，索要一个明确的结果。

　　电话里，千绘的声音突然有点出乎意料的陌生，但她答应赴约。

　　那夜。

　　雨，凉起来让人伤感，持续起来让人抑郁。

　　当我头也不回地离开与千绘相约的那家酒吧，我就知道，这又将是一个冷雨夜。甚至钻进车里，我也无法摆脱那种深沉到极点的冷意。

　　或许，我并不是有意地要超速，我只是想快速驶离这个地方，越远越好。打在挡风玻璃上的雨点越来越密，视野也越来越模糊，那种深褐色的梦幻在瞬间击穿了现实，并无情地把清冷把绝望压到我的骨髓深处。

　　我似是已经不记得刚才发生了什么。只有千绘一个淡淡的笑容深深地留在了我脑中。像狰狞的恶魔，又如冰冷的白骨，时刻让我感觉到恐惧的绝望。

　　这个夜晚，千绘似是将我彻底毁灭。

　　恐怖的白光陆续地刺射过来，让黑夜更加黑暗，让冷雨更加急促。我似是无意识地开着车，在黑暗中默默追逐着风驰电掣，默默地穿梭。

　　空洞的意识在流动，伴随着黑暗伴随着冷涩。

　　与千绘的对话结束，我所坚守的真爱，似只是一番滑稽可笑的概念。或许之前，我只是误以为，真爱被我暂时遗忘，或真爱在现实面前的暂时怯懦。现在，我明白了，我们的现实中压根儿就不存在真爱，真爱鄙贱，真爱不如 LV，不如 Chanel，更比不上香车、豪宅。

曾经在网络上看到一条消息，说一名漂亮的大学女生，仅为一款新潮手机，就可以出卖她的身体，在学校里，优雅高贵的气质让她不知成为了多少人的女神，而现在这位女神，正在被一个手机亵渎着身体，还有灵魂。这就是现实。

之前，这样的消息我是不信的。现在我信了。

飞驰在高架路上，伴随着一阵急促而刺耳的声响，一些闪动着的杂乱的光从四面八方包围过来。我被迫地停下车。刺目的灯，愤怒的表情，站在雨中无助地面对着这一切，我只感觉到了冷。

后来，美菱把我带回她的家。虽然并不记得我曾给她打过电话。

脑子里面一团混乱，被雨淋湿，突然清醒，但没有情绪。

只是记得，当我从交警队大门走出来的时候，夜色凄惨得让人陡增一种恐怖的坠落感，似是有一个黑漆漆的漩涡存在于我内心之中的某个地方，让我的灵魂加速坠下，无法躲闪无法逃避。

大四的毕业聚餐，几乎没有谁能够逃过一醉。大学时代的单纯，要结束了；真正冷漠的现实生活，要开始了，是留恋还是恐惧，我们说不清楚。但我们清楚的，至少是一种发泄。

美菱醉了。有女生搀扶她去洗手间，后来她一直喊我的名字。

被要求多次，我都未曾前去。我一直在关注着千绘的感觉。大包厢里杂乱极了，千绘被那个体育系的地痞邀去跳舞，她竟没有拒绝。

于是，我被其他的女生带去找美菱。

而当美菱见到我，便似是找到了一种十足的安全感。

就如同这一天的我。

我被交警围住，冰雨中显得无措。后来看到美菱那辆红色的奔驰，才仿佛找到了一些熟悉并且可靠的感觉。

窗外细雨微微飘着，淡淡的声响遁于夜幕之中，没有形状没有颜色。美菱扶我坐到沙发上，还是一个劲儿地或是关心或是好奇地问"你怎么了你没事吧"之类的话。

我回答："时间不早了，我想睡了。其实我没有丝毫的睡意。"

当我从浴室里走出来，我看到美菱穿着睡衣，歪在沙发上，似是疲倦地要睡着了。她为了我，也许就真的很累。

我想对她说些什么，或许是感谢，但最后还是没能说出口。

关上灯，窗外的夜雨又清晰地响在耳边，往日里很有感觉的节奏此时却听得我压抑、窒息。夜空里无际的黑色像一种病毒一样蔓延着，侵入到屋里，侵入到空气中，侵入我的呼吸我的大脑。

灯亮了，粉红色淡雅芬芳的光线照到我身上，缓解了我的状况。

美菱轻声地问道："睡不着？"

我微微"嗯"了一声，带了点对自己的憎恨。虽然我并不清楚究竟要憎恨自己什么，但是我在混乱的思绪中能隐约地挖掘到一些什么，抑郁的夜晚，惨淡的晚餐，不愉快的对话，空荡荡的内心……至于跟千绘之间到底发生了什么，似乎潜意识在操控着意识让它不敢去回忆。

"要不要喝点什么。"美菱问。

我说："那就咖啡吧。"

美菱愣了下，没有再问什么，出门时顺手打开了唱机。

墙上孤单的石英钟寂寞地流动着，已经再没有嘀嗒嘀嗒的声响。两点五十分。

这个夜晚，我索要到了答案。但这个答案却令我绝望。

千绘说："我并没有打算离婚。"郑重地回答后，她露出了一个淡淡的笑容。

我能记得的，也只有这些了。

从一开始，我与千绘的重逢，似就是一个骗局。

美菱煮好咖啡，我告诉她，不要加伴侣，也不要加方糖，因为我要将苦涩进行到底。

外面灯火依旧，只是冷冷的暴雨让那些色彩变得有些恍惚。

在清晰的思维里，我开始怀疑。希望，抑或真爱，这些个表征着美好的东西，是给了人信念和力量，激情与欲望，还是不怀好意地为失望，甚至是绝望做的铺垫？

熄了灯。我抱紧了美菱。

堤坝已毁，我不知道我还能做什么。

Wait？ Abort？ Retry？（这是早年的一个常见的电脑弹窗，用在这里恰合时宜，意为：等待？中止？重试？）

——这对我来说，已经不是一个选择。我知道，这个电脑程序无论怎么执行，结果都是死机。

重起，重新来过，也许才是绝望的时候，在空洞的黑暗当中闪现的希望……

第五章
Chapter Five

　　人在孤单寂寞需要安慰时，往往都会很被动地接受一些什么，即便某些东西已经挑战到了我们的道德底线。

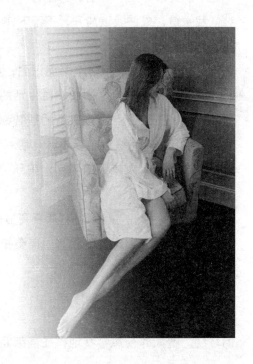

带着仓皇且杂乱无章的心情睡下，最终我醒在了一个雨雾弥漫的冰冷清晨。躺在床上，窗外的雨声就响在枕边，真真切切能感觉到，湿漉漉的思维让整个世界都潮湿不堪。窗上起了淡淡的一层雾，窗外阴雨蒙蒙，视野不清。穿着睡衣下床，一丝薄薄的冷意侵入心头。

六点多钟的样子，美菱还睡着。突然间，一种可怕的空旷感觉占据了我的内心，让我无助地歪在沙发上。思索着不可能能思索通的问题，这个问题就叫作爱情。

爱情或许是一个集合，它包含着很多种要素很多种因子，但是在我的逻辑里，它只能是一个空集。有某些人某些事某些物质把存在于它之中的全部元素都挖空了，只留一个躯壳给我，并且把这个躯壳放大成一个虚幻的概念，强加给我。

我觉得，或许我该离开，不留下任何东西。

走到急雨面前，我才突然意识到，我的车尚被扣留。

瞬间，那种对自己的憎恨对生活的咒骂充斥了心境。不知所措的时候，任何一点不应该有的理智都能反衬出人的卑微，让人愤怒、抓狂。我跑进雨中，不顾一切。

突然身后有人喊我的名字，美菱跑在后面，穿着睡衣，撑着她那把紫色的伞。

"你，去哪儿？"风中的美菱更显得楚楚可怜。

"我，我去上班。"我答。美菱把伞撑在我头上，但我却执意要站在雨中。

"那，我送你过去。"

"不用了。"我转身，走出了美菱的那种似乎很凄然的情绪的环绕。就如昨夜孤零零地杵在高架路上无所适从一样，清晨冰冷的雨水淋在身上，让我从发稍凉透到内心深处。

美菱跑过来，似是很执着地挡在我面前。"那这样吧，你开我的车。"

她把车钥匙硬塞在我手中，然后转身就跑。我不知道我有没有时间去拒绝。看她的背影，孤独也单薄，一双华丽的拖鞋踩在雨水里，响得人心里有点难受。

"美菱——"

隔着很远，我喊她，她停下来，转过身来等着我。

一时间，我竟然失语了。想要说得很多东西，竟什么也说不出来。

美菱慢慢地走过来，清淡地说车停在哪里哪里。

顿了片刻，我才说："要不然我们一起走，我先送你。"

"不用了，我今天不去上班。"她有些不自然地笑了下，然后上了楼。

生活，就这样发生得像是故事，而故事，却永远都拥有着一个始料不及的开端和一个俗不可耐的结局。在这个清冷潮湿的早晨，就这样，我离开了美菱的家，离开了纠缠不清的情绪。

美菱车内的香水味已经达到了一个相当大的浓度，Chanel 高贵华丽且伴有强烈成熟感物质欲的风格深深地刺激着我，缠绕着我的神经搅乱着我的思维。红色的奔驰 SLK 跑在街上，会有这么一点点惹眼。停在路口等待信号灯的时候，还真有学生打扮的小姑娘把叹羡的眼光投向这边。

雨飘进来，我有了一点不安。车内的潮湿感让我的内心深处在发霉，对美菱的愧疚就如一种鲜红色的真菌，在此萌发。我打电话给美菱。

美菱的声音听上去好像是刚刚哭过。她说，下雨，路上小心，

千万不要再超速了。

我的心里突然变得有些脆弱。

挂了电话之后，我才隐约地感觉，这种状态，显然本不是我期望的那样。我好像让自己变得，欠了美菱很多。

昨夜酒驾、超速，并且拒绝配合交警，场面混乱，虽然真的不希望她出现，但如果不是美菱的突然出现，或许我将被刑拘。

我也不清楚，昨夜究竟怎么了，令我如此失去理智，或者说直接丧失意识。上一次还是，十年前。

那个毕业聚餐，搅得我混乱至极。千绘被那个体育系的地痞邀去跳舞，我眼睁睁地看她离开，她并没有丝毫一丁点儿要拒绝的意味。然后，我被美菱的朋友拉去找美菱，因为美菱在另外一个包厢里喝多了，一直在喊我的名字。

美菱带着浓重的醉意，重复唱刚才聚餐时为我唱的西班牙情歌，其实我听不懂，她的二外是西班牙语，而我跟千绘则一同选择了日语。但是，当时我却很感动。

也许是美菱的真情，触击到我内心深处的真情。她爱我，而我爱的是千绘。

在美菱深睡之后，我便起身离去，然后在另外一个包厢里找到千绘。

那个体育系的地痞，也就是现在千绘的老公，带着一副令人作呕的丑恶嘴脸，向我挑衅。我记得他的话，他说，外语的男人也配称作男人？真可惜了外语系的美女。

于是我必须站起来，我说，咱俩单挑。

而他早有准备，憋足了力气将一只酒瓶抡到我的额头上。场面寂然，我甚至可以听到自己的血汩汩在流。

千绘突然拦在我们之间，这让我突然感觉伤害在加剧。我推开千绘，纵身跃起，与他撕打起来。最终，那个体育系的地痞被我按倒在地上，打得满脸是血……

场面混乱，之后我被人拉走，然后那夜我便不曾再见到千绘，倒是后来回到美菱的包厢后，她竟然在深醉中醒来，用颤抖的手为我擦拭血迹……

回忆令我颇为不堪，然而，我却在继续搜索着我的回忆。

昨夜。

千绘说："我并没有打算离婚。为什么要离婚呢？"

她一直在强调："婚姻和爱情是完全不同的两个概念，在我的概念里，不可能将二者融为一体。我们的曾经确实很炽热，只是时过境迁，我们无论是谁都不可能将曾经的那些重新拾起。我不确定现在对你的感情是不是一种爱。即便是，爱，又能如何呢。"

她还反复地说每个人都应有精神层面的需求，只当她生活不再窘迫的时候。我需要与你这般层次的人交流。但是，这不能成为让我心甘地把自己打回原形的理由。

或者她还在说。不要谴责他，也不许你侮辱他。无论如何，他亦给我很多。当年也不是他把我抢走，一切皆是我自己的选择。

最后，或者千绘终于说到了当年。要说当年，那也是你先选择离开我，是你跟美菱……

昨夜，千绘的话浮现在朦胧的雨中。这些，曾让我瞬间崩溃。我记得，我们有过争吵，最后千绘的那句话没说完，我就反驳道："当年那不是我，跟美菱发生关系的不是我，我跟美菱之间什么都没有。"千绘，静静地听着我在发狂，并且淡淡地冷笑。

透过这一次，我们彼此，再无遮掩。我只知道。未来如何，已然揭晓。我再无机会。

车开到公司楼下，一个水坑打断了我的思绪。要靠边进入地

下停车场的时候，我不小心把水溅到路边的女孩的身上。在后视镜里，我看到她的反应有些强烈。

水被溅到脚上，她俯下身子去用纸巾去擦拭，我看到的只是一个清瘦的女孩，还有她白色的长裙。

或许是出自于一种特殊的心情，我马上停车下去，当面对她道歉。

我说："对不起，不好意思，你看我能为你做点儿什么，补偿一下……"

女孩突然起身。

"卡珊？"

"老板？"

场面一时有些尴尬。

在这个阴郁的早晨，在这个青涩的场面下，突然看到卡珊清秀纯真的一面，她见到是我，紧皱的眉宇间流露出一丝不知所措和谅解。她斜挎着一个有点老气的包，手里拿着一本色彩冷漠的书。在侧面，我看到书名是《生活在别处》。

"卡珊，是你啊，我……"突然我也变得词穷。

卡珊撇了下嘴，还原了之前那般不高兴的表情。对我说了句："没关系。"然后，捡起她丢在地上的纸巾，忿忿地扔进垃圾筒里，继而离去。

一天无话。

我无法确定卡珊这般细致的变化，究竟因为什么。

不过下班，我们却在电梯里相遇。

电梯里只我们两个人。我突然觉得对她有些亏欠，或许当初在澳洲，我们压根儿也不应该发生那些事。

我说："我送你。"

"不了。地铁吧。"她淡淡地说。

"要不，我们找个地方坐坐，如果你没有其他事情的话。我的话说得有些令自己难堪。"其实现在的我，也并不知道以何种姿态来面对卡珊。

卡珊不说去，但也没有否定说不去，她只是低着头，冷漠不语。

不过当电梯下到一层，我直接按关门按键的时候，她并没有说什么，并最终陪我走到了地下停车场。

但是，我们还是无话。只是她踩着细跟高跟鞋而发出的清脆足音，响在冷寂的地下空间里，为我们原本的尴尬氛围增添了些许生机。

然而，当卡珊看到这辆似是极度奢华的奔驰 SLK 时，她突然闪烁出某种渴念的眼神。

"自动挡的，你要不要试试。"我试探着把车钥匙举在她面前。

她接过去，带着点滴推辞的表情，说："我可是刚拿驾照。"

我坐到副驾驶上，有一点忐忑地看着她摆弄着这一切。卡珊很专注，以至于我说什么，她都只是"嗯"一声。

终于，红色的车子在一阵不规则的晃动中又重新回到灰蒙蒙的雨雾中。雨刷轻摆着，车速缓慢地行驶在拥堵的街道上，卡珊内心中难以遏制的愉悦清晰地浮现出来。

车里的 Chanel 气味经久不散。待车子开得稍稍稳当一点，卡珊便好奇地发问："老板，这不是你的车吧？"

"当然，一朋友的。"

"又是女朋友？"她问。

"前妻。"我不知我是因为什么直接对她吐露真情。

场面再度尴尬起来。

行至金陵中路，突然从后面插进一辆车，挡在前面。车子在急停中的颤抖直逼迫得我们窒息。两辆车紧贴在一起，前后没有

071

一点空隙。

卡珊跳下车，显得比我还要暴跳如雷。

前面的车出奇的似曾相识，一辆奥迪A6L，跟我的车一模一样。车上的人下来，一个熟悉的身影出现在朦胧的雨雾里，冷得让我无法呼吸。瞬间，我意识到了非常严重的焦灼。

她是美菱，而她开的这辆奥迪就正是我的车。

很静，只有的雨声。卡珊在发作之前，有意识地先看了看我。而美菱则是用很严肃很缜密的眼光打量着卡珊。我像是被冻僵了一样，站在那里，不知所以。往来车辆各色的车灯扫射过来，聚焦于此，把我们强行地推上了一个尴尬的舞台，而下在灯光里的细雨，密密麻麻，为我们烘托着一种荒诞的舞台效果。

"你怎么开的车？"还是卡珊最先开口，但她的话已然没有她刚刚跳下车时的那般底气。

美菱瞪着她，目光尖锐但一言不发，似乎等待着我先说些什么。

我说："美菱，这是我们部门的同事，一块下班，我刚好……陪她练练车。"不知为什么，我的话说得战战兢兢，这些音节仿佛瑟缩在冷雨中，因胆怯而发着抖。

美菱似乎是很认真地听着我的解释，马上她开始了又一遍对卡珊的打量。而卡珊今日的装束，颇不职业，镂空的蕾丝白色长裙，银色的细跟高跟凉鞋，修长的脚趾上还涂了炫彩的指甲油。

不过，聪颖的卡珊马上收起了脸上所有的不悦，微微向前迈了一步。她不失礼节地说道，不好意思，原来你们认识啊。

但美菱却很不注重礼节地冷了卡珊。她走向她的车，看也没看卡珊，擦肩而过的时候，还气冲冲地丢给了卡珊一句"哼"。上车之前，她还不忘把某些她认为重要的事情交待给我。驾照在车上，罚款我已经帮你交了。

从看到美菱走下车的时候，我就已经明白了美菱都帮我做了些什么，但她却有意地让雨中这冰冷的气氛疏远着我们之间的距离。最后，她摔上车门，一声沉闷的声响让我心底的血液立刻凝固下来。

她放下车窗，忿忿然地冲我喊道："下次拜托不要把车里弄得那么湿。"紧接着，拉风的红色奔驰猛地倒了下车，然后愤怒地扭到一边，狂奔而去。

污水溅到卡珊的脚上，她很不高兴地跺了下脚，那只纤弱的细带高跟凉鞋与地面碰撞，发出清脆的声响。仿佛她就踩在我的心上。

我说："卡珊，上车吧，开我的车也一样。"

卡珊忿忿地低头看了下自己被污水沾染的裙摆和脚面，气急败坏地大步走开。

"卡珊。"我再次呼唤着。

她却头也不回。

当我坐回到车里，我收到了她的短信，她的忿忿然亦如刚刚。她说："我不明白，我究竟在你眼里算是什么。"

这个晚上，突然让我变得空旷。或许对美菱，对卡珊，我都缺乏一个郑重的解释，抑或答案。

昨夜，当我被美菱带回她的住处。

酒精渐渐开始发挥作用，我感觉到自己越来越沉重。模糊的意识中，我感觉到空气中有一阵久违的清新。一切都仿佛是过眼烟云一样，被美菱翻过去。当然，也有可能再翻回来，形成冥顽不灵的翻来翻去。但此时，我却突然感觉我们的心底都是纯净的。

美菱的卧室里依然是充斥着诱惑的芳香和迷醉的音乐，暖暖的粉色深深地嵌入到我的感官中。然而，这些却同我此时的心境难以契合。我没有征得美菱的同意，便很自我地走过去关上唱机，

让那一度被淹没的雨声重现到我们的视野里。

窗户开着，绵绵细雨的温柔节奏传递进来，清新的气息就仿佛是清纯少女稚嫩的唇，推动着我的遐想我的激情。美菱，仿佛就是一种永远都烧不尽的燃料，火热的温度漂浮在四周，与Chanel的味道一起同化着思维和意识，并且最终将快感淋漓尽致地渗入到每一寸的肌肤中。

一个带着些许清冷的雨夜，我带着强烈的满足感在空虚和寂寥中睡去。雨，颇有感觉地响在耳畔，湿润着我原本枯燥的感情。

夜半辗转未眠，发现美菱正坐在我身边默默地看着我。她穿了一件淡紫色的睡裙，散发着淡淡的清香，仿若一种花。

"几点了。"我问。

"不确定。"她轻声回答。

沉默了一会儿，她突然问："为什么又喝酒。"

我思考，然后淡淡地说："心里，不舒服。"

"还是因为她拒绝了你。"

我沉默。突然在昏暗中，我发现美菱的表情变得沉重。

于是，我说："一直以来，我总是固执地要找一个自己爱的人，而不是爱自己的人。"

"所以？"

"所以，我无法爱你，时至今日。"

我懂。我也同样相信这样的理念。所以，我仍在固执地爱你。

这就是美菱。这是她骨子里面的内核。当我们还在婚姻里的时候，她曾对我坦露。她的生命从来都是主动的选择，而非被动地接受。以前随父母住的时候，可以说家里的衣服无数，母亲、保姆、各色亲朋好友、各色来送礼的……反正那些别人选的衣服都一直被她弃置一旁，始终她都坚持自己去选，她需要的是她自己可以把握的华丽，需要自己独特的华丽。学生时代，她的马自达 6 是她自己选的，现在这辆奔驰也是她自己选的。

所以，追逐她的男人无数，但她却坚持并坚定不移地选择了我。

"大四毕业的意外风波"她冷静下来之后问我"那天晚上的那个人，是你吗？"

我怀揣着深重的抑郁对待着她的问题，我看到，她的表情里充斥着仇恨却显得无邪。其实，我更希望我说出真相。但最终我还是故作惭愧地点点头，我说："是我。是我酒后失态。"

美菱含着泪，露出一个苦涩的微笑。

在昨夜与美菱的对话间，无意中又想到这些，感觉突然有一种酸楚的伤感席卷了我，我自感对美菱有无比的亏欠。我说："如果不是婚姻，或许……"

"不，不要再说。"

"我知道。我只是希望你能理解，我们，不会幸福，我给不了你世俗意义上的幸福。"

"我不要求，至少现在不要求。我只希望，我们能够住在一起。就像以前。"

"什么以前？"

林千绘来这里以前。

窗外的细雨如影随形，湿润着我的心情，让它脆弱无助，就如同那些细腻的感情对它的影响一样。

我不知如何，只回复道："让我想想。"

然而，第二天清早醒来，我要做的就是偷偷逃离这个地方，我并没有告诉美菱，不想让她感觉到。

今晚，无眠的时间，我接到卡珊的电话。

她仿佛已经挣脱了桎梏，终于在这一天向我提出辞职。她郑

重地对我说着，我能感觉到电话那边她表情中透出了一丝微妙的失望与抗拒。

我极力挽留，我说："卡珊，你应该很需要钱，而我已经为你加薪，下个月你的薪水就可以增加一倍。"

这些都无所谓了。

"是什么原因，能告诉我吗。是你男朋友？"

"不。不是，你知道不是。"

"那是什么？你男朋友，是不是在你身边？他逼你辞职？要不然，我跟他谈？"

卡珊冷冷地笑了，她直呼了我的名字，然后疼痛不已地说："你知道，不是因为这个原因。你知道我并不爱他。至少现在，已经不再爱他。"

"那我……"

"就这样吧，让我走吧。就当作是没有原因吧。"卡珊凄凄地说。反正我已经决定。

电话挂断，随后关机。

我发短信说："卡珊，你要考虑清楚，现在你从零开始，再次找到这样的工作，并不容易。希望你能慎重考虑，你不在的这段日子，可以算作休假。如果你最终决定辞职，我可以推荐你去几个不错的地方。"

"好，那谢谢了。"卡珊回复了短信。

然后，我紧接着将电话打过去，又是关机。次日卡珊便没有再去上班，辞职报告，她已经发送给我并人力部门。

她离开了，很久一段时间，我们才再次取得联系。但是这些日子里，她的消失诚然让我的世界空旷了许多。我在思虑，是否她已然带走了我的部分感情。

第六章
Chapter Six

情和性也许本就是两个相互独立的过程，而真爱的意义就是让它们交织在一起，并结出果实。

之前始终与美菱保持着一种长久而和谐的同居关系，且被我理解成一种美丽的沉闷。

为什么让生活成为这样，只因我们找寻不到其他出路。

如果不能够为一个女人负责任，那就不要轻易占有她。其实大四毕业那场混乱的真相，有很多次我都呼之欲出。

据说，当一个叫真真的女生推开包厢门的时候，看到的是我跟美菱各自深睡在一条沙发上。房间里只有我们两个人。而据另一位女生说，在这之前，她推门进来，看到我压在美菱的身上。当然，后来她又更正说，看到的是"我的背影"压在美菱的身上。

当美菱在次日醒来，传闻已然遍布整个学院。美菱素来是遭女生嫉妒的，这次丑闻的不胫而走，还是颇在情理之中的。美菱虽在人前羞愧难当无地自容，但内心坦然，她一直认为那便是我。

所以，后来，我在扑朔迷离之间，负了责，与美菱最终结了婚。

对一个女人，不能爱她，却对她负责，我不知道，这是一种高尚的牺牲精神，还是一种荒谬的无稽之谈。她爱我，她希望我对她负责，她不遗余力地促使我们走向婚姻，甚至顶着他们整个家族反对的压力。

我不想负她的一片心，所以我们结婚。

然而，我们从一个笑话，走进了另一个笑话；从一种悲剧，步入到另一种悲剧之中。

所以，后来我们离婚。而离婚之后，我们又再复荒谬地纠缠在一起。

不过，故事到这里大概应该告一段落了。

我开了美菱的车，而她去交警队取回我的车，之后便很不幸地在金陵中路上撞见我用她的车陪另外一个年轻女孩练车。彼时的情境，伤害了她。她很久都不曾与我再取得联系。

同时消失的，还有千绘，还有已经说要辞职的卡珊。

或许，我应该欠美菱一个道歉，但我总希望生活能够最终回归平静。我不想再次回到我们之前离婚后还保持同居的那般混乱的状态。也或许，最终我将找一个普通的女孩，娶她，过一种普通的生活。与千绘，与美菱，与任何人都无关。

但是，故事注定还没有结束。

我相亲了，女孩24岁，普通职员，身上透着新新白领的干练与青涩，她有一个漂亮的名字，叫做Artemis（希腊神话中的月光女神阿尔忒弥斯）。

她跟我一样，外语学院英语专业的，英文名是她大一文艺演出之后，一位男老师为她取的。

初次相见，相谈清朗。就这样吧，生活，本就应该这样。

如果不是美菱那个突兀的电话，我想，或许生活，可能就这个样子了。美菱的电话响了三遍，每一遍都是让它响到最后的语音提示。如果我不接，可能她还会打第四遍。

美菱说，她病了，病得很重。电话那边，声音凄厉。

然后她在哭。我似是预感到，有什么事情要发生。于是，我抛下Artemis，驱车前往。我想，即使美菱根本就没有什么病，即使她就是在骗我，我也应该去一趟，毕竟，她的声音表明，她需要我。

开门进去，却发现斜在沙发上的美菱有些凄然。桌上摆着残酒，房间里面烟雾缭绕，混乱不堪。美菱穿了一件单薄的粉色睡衣，消瘦，彷徨。

"美菱，你怎么啦？"进门，之后我便开门见山地问道。

美菱不作答。本是抑郁的情绪中，闪烁出些许的欣悦。

突然，我注意到，浴室的灯亮着，淋浴开着，顿时刷刷水声流入我的大脑，如同腐臭的黏稠液体。我已经清楚地嗅到了陌生

男人的味道。

　　我有些失措。本来想说的话，已然忘记，而我也不确定下面将要说出的话，是否在自己的权利范围之内。

　　美菱端起桌上的残酒，痛苦饮尽。她的声音在发颤："我在你眼里究竟算什么。"

　　又是这句话。我记得，上次卡珊说过，就在金陵中路上。她抛下这句话，然后踩着高跟鞋消失在淡淡的雨雾中。后来，她打电话来说辞职，再后来，便杳无音讯。

　　现在，美菱又在说这句话。当然，之前她也曾说过，这句话我听到过太多遍了。这永远都是一句折磨我的话，我一直想要做得很好，但到头来好像我谁都对不起。

　　我说："美菱，我……我……"我改天再来。我把美菱的钥匙丢在桌上，转身要走。

　　美菱在后面抱住我，"不，不要离开。"

　　我苦笑，"我，我不应该来。我还以为你，真的病了。"

　　"这些日子，我不清楚你究竟在做什么，我也不清楚，你为什么一定要对我那么绝情。"美菱始终不肯放开我。

　　"我绝情？一听到你病了，我立马就赶过来，我绝情？我……那你感觉你在我眼里究竟算什么，算什么能让我一接到你电话就赶过来？"我忿忿地道。

　　那你为什么始终都不跟我联系，那么久。美菱落下泪来。

　　我转过身来，郑重地对她说："美菱，我们之间本已经不存在任何关系，我们的婚姻是失败的，我们离婚之后的继续，也是失败的，如果我们现在还纠缠在一起，纠缠不清的话，对彼此都是……"

　　"你别说了，别再说了。"美菱突然喊道，声音有点歇斯底里。

　　我指指浴室，对美菱说道。其实，一直以来，你也需要有你独立的生活。

"不，不是。"美菱的声音变得扭曲，"不是我，是你，是你在外面有了其他女人，是你，你搞上了你的女秘书，我那天撞见的那个……"

美菱在恨我，她的眼神在变化，形似怨妇。只不过，我们之间，就这样了，我也没有必要再行解释。

突然，浴室的门开了。一个健硕的男人走出来，他穿的是一件我的浴衣。

我们面面相觑。他叫大卫，大学室友，他追求美菱多年，现混迹于官场。

大四毕业的那个混乱事件，他就是元凶，是他暗闯到我跟美菱的包厢里，玷污了美菱原本纯净的身体。我猜得到，应该就是他，而且，现场我发现了他遗落的 Zippo 打火机。

这个冠冕堂皇的卑鄙小人，总是擅于两面三刀。大学时代他就在同一时间与三个女生左右逢源，偶尔还伙同体育系的一些地痞流氓前往色情场所。他是学生会主席，就是他在倡导环保倡导献血倡导捐款倡导支教，他总是能冠冕堂皇地把奉献的机会交给别人，而把享誉的时刻留给自己。

只是，他帮过我。我算是还他一个人情，而且我不想欠这种人的人情。不过事实上，我作为一个棱角分明的人，混迹于学生会，那是很难的。所以，或者说，他确实帮了我不少。

那一夜，混乱极了。跟体育系的地痞打架回来，之前已然烂醉的美菱，突然醒了，她为我擦拭血迹。且，我在昏暗的光线下，捕捉到了美菱心痛的眼神。我很珍惜。

后来，她继续用西班牙语，唱情歌给我。我们再复喝酒，直至深醉。当夜，发生了什么，我确实一无所知。

次日醒来，美菱发现了自己的异常，她仿似明白，自己被人侵犯了。而我，在桌子下面发现了大卫的 Zippo 打火机，那个编

号是他的。

两个女生散布在外面的流言，让我们补齐了我们记忆的空白。而我，知道那是大卫干的。

大卫在恳求我，求我为他顶包。有一点他可以确定，他确定，如果是我，美菱会原谅我，但换作是他，美菱一定不会原谅他，而那时候的他考了公务员。后来，他哭了，哭着诉说了这些年他对我的一切恩泽。

于是，我替他顶了包，背了黑锅，隐藏了事情的真相。

然而，当年迫使我做出这般荒谬决定的，还是一个混乱的情字。大卫简单说，千绘不值得我去爱，她背叛了我的爱，她让一个爱她的人痛心；而我，不应该让一个爱你的人，再痛心，美菱对我付出了她的爱，让我不要辜负她。

而后，我痛打了大卫。我说，是你这个禽兽不如的东西，玷污了她，伤害了她。该对她负责的，是你！

大卫带着唇边的血，沉静地说："可是，美菱期望的那个人，是你。给她这个她希望的答案，才算是对她负责，才算是，对她对你的爱，负责。"

美菱在那个傍晚找到我。素来敢爱敢恨的美菱，突然在我面前变得羞怯，在说了很多闲话之后，她才怯怯地问："昨天，是你吗？"

我明白，她在心里就一直当作是我。后来，我点了头。我们相拥在夕阳西下的林荫路上。

而事实上，那个叫真真的女生推开包厢门的时候，看到的是我跟美菱各自深睡在一条沙发上。于是，后来我找到另外一个散布消息的女生，当时从她的口中说出来的话是——她推门进来，看到我压在美菱的身上。当然，在我找到她之后，她对外进行了更正，说，看到的是"我的背影"压在美菱的身上。

不过，这个插曲被美菱得知。她显得像是受了侮辱和奚落。

她虽然在人前羞愧难当无地自容，但内心坦然，她一直认为那便是我。只是后来，她得知我四处找人更正，便对我吵闹，她的气愤似是达到了顶点。她骂我说："怎么，你自己做的事情，还要找别人更正？是男人，就应该有一点担当！"

我说："我担当，没有什么是我不敢当的。"

后来，美菱又说："怎么，跟我发生了那种事情，让你很没有面子吗？你为什么要去封人家的口呢？"

她问得犀利，让我无言对答。不过，再到后来，在她冷静下来之后又再问我："那天晚上的那个人，是你吗？"

我怀揣着深重的抑郁对待着她的问题，我看到，她的表情里充斥着仇恨却显得无邪。其实，我更希望我能说出真相。但最终我还是故作惭愧地点点头。

多年未见，我们三人形似三角的局面尴尬至极。大卫一直对美菱有意，但美菱却一直把她的感情固定在我身上。大卫没有为他自己的事负责，是我为他负了这许多年的责。而事实是，或许大卫他并不领情，毕竟，从他的角度，他只是占有了美菱一次，而美菱被我占有数年。

因为我感觉到，此次相见，大卫对我的那般隐约的敌意有增无减。他虚伪一笑，说："我今天下午刚刚到。"

我只是瞪着他不会去理他。或许当初，是他介绍千绘给体育系的地痞流氓，从某种意义上讲，他才是导演我悲剧的罪魁。

"美菱打电话要我过来的。"大卫对我又如此补充了一句。

我说："很好，你们聊，我……先走了。"在我们两人，或者说是我们三人之间，无论过去发生了什么，发生的那些如何曲折，或许，我们处理起来，总是这般简单。虽然很多事情，至今我都无法释怀，但亦无能为力。当初既然已经那般了，现在再讲出真相，亦是没有任何意义的。

大卫突然说："我听说了，你们已经离婚。"而这时，美菱亦是突然地靠近大卫，转身对我说："我们，将要结婚。"

大卫补充，就在上海。

我失色，虽言语上不置可否，但点头表示了我的坦然，至少是自己没有异议。

大卫笑，"不恭喜我们。"

我无奈地吐了口气，说道："恭喜，恭喜……"

大卫得意扬扬，"届时，一定光临啊。"

过去被延续到现在，就是这样。我始终是那个悲催的角色。

然而，就在我与美菱分开的第二个夜晚，美菱顶着疾雨，跑到了我的住处。但雨中的美菱，并不狼狈，我想象得到。因为她走进我的房间，身上犹带有一种浓重的被润湿的香艳，雅致而且性感。

她说："大卫离开了，我让他走了。"说完，她严肃地等待我的回答。突然，我发现她憔悴的容颜上写满了艰苦的期待。

我轻蔑地说道："你们不是要结婚吗。"

"不，我，我发现我……并不爱他，我不能与他结婚，我很难强迫我自己爱上他。"美菱的眼睛闪烁着，流落出一种无比真挚的情感，"我还是希望……能够跟你在一起。"

美菱的声音怯怯，但却字字掷地有声。

"不过，我决定不再心软，不再妥协，不再浑浑噩噩，爱情，不是游戏，至少在我看来不仅仅是游戏，不能总是拿它当游戏玩。"

我说："我曾努力地希望自己能够爱上你，但是我做不到。我不想骗你。不过，我感念你曾经为我做的一切。如果爱情，或者婚姻，不那么现实的话。或者，我们……"

"又是这般说辞。"美菱突然打断我的话。"你总是这样说，你把我们婚姻的失败归咎于现实，归咎于别人，你从来都不敢担当，不敢直面，你是自私的，是你毁了我们的婚姻。归根结蒂，是你不肯付出感情。"

我说："不是。毁掉我们婚姻的那也是你，你的父母，你世界里那些世俗的人，还有这个时代，这个时代人们所持有的物质观念。"

事实上，当大四那个事件发生之后，当我决定要替大卫顶包之后，我就已经决定与美菱走入婚姻，并且真正努力地让自己爱上她，至少是不辜负她对我付出的爱。

第一次去美菱的家里。

当时，美菱开着她的红色马自达6，兴奋不已。她脸上洋溢的一种表情，被我读到，她终于把我带回了她的家。

一栋位于近郊的独院的三层或者是四层的别墅。她的母亲坐在富丽堂皇的客厅里，嗑瓜子看肥皂剧，无聊却又嘎嘎地笑个不停。

不过只是在见到我的时候，略转了下头。

美菱面带愠色，"妈，人家大老远地过来，您也不热情一点。"

美菱的母亲嗤笑一下，"热情，热情。欢迎欢迎啊。"然后便喊人来，叫厨房里准备晚餐。

说实话，我不适应。即使与美菱有那般刻骨铭心的真感情，我也不能与她就这样生活在一起，入赘的感觉永远会让一个男人缺失存在感。

不过，我想错了。

后来，美菱的母亲单独与我交谈。她压根儿也并没有想到，要让我们结婚。在她看来，我对美菱的负责，不过是想挤入他们这般豪门的一个借口。

美菱的母亲这样说："其实，这年头，发生这种事情，也很正常，而且美菱一再地说，跟我说，跟她爸说，说她喜欢你，让我们不要怪你。所以，我们也不怪你什么，你呢，也没有必要负这个责任，我们也不需要你负什么责任。"

听了这话，我有些目瞪口呆。

不过，美菱的母亲继续说道，直言不讳："你跟美菱，毕竟不合适。"她从一开始，成长环境生活环境，就相当优越相当富足，以后呢，那种生活，你给不了她。

这话不错。美菱的生活，我给不了。即使我有心要负这个责，我也没有资格。

所以我离开了，亦在随后离开了我们那座城市。

但是现在，美菱待在我的家里，拒绝离开。外面雨声凝重，夜色糜烂。

在这一刻，我险些就把当年的真相道出。点烟，我突然发现我所用的那只 Zippo 打火机，就是当年大卫的那只，这些年我一直带在身上，原本的用意即是为了铭记某些东西，比如，纪念我已经死去的爱情。

然而，最终，在庸碌生活的打磨下，我还是忘记了这一切。

美菱打开唱机，恰巧是《Evergreen》，那个舒缓柔媚的旋律。曾经，我们在一起做爱的时候，总是这个旋律。

她需要再次唤醒我对她的欲望，但是，说实话，我很难做到。

突然，她冷笑道："林千绘已经反复在证明，她不会爱你。"

我深沉地叹了口气，说道："这与她无关。"

美菱自顾自地继续说："她从来就没有爱过你。当年，她跟那个体育系的，很快就回了家。早于我带你去我家之前。她对你，从来也不是遗憾，而是摆脱。当年的那晚，你们打完架，她就没有再出现过。哦，对了，出现过，后来出现过一次，是跟你谈分手。"

"别说了，美菱。"美菱的话在深深地刺痛着我。美菱笃信着一个法则——情人之间，就是要不停地伤害彼此，疼痛越多，便爱得越深，记忆也更久远。当然，这番谬误，极可能是源自于这些年美菱她自己所受到的伤害。

"现在，她还是不能爱你，她不会离婚的。她才是一个彻头彻尾的物质女人！美菱鄙夷地说完这段话，而后她为自己倒了一杯人头马。"

夜，重回寂静。只有我的心，在动，在痛。或许，这些年，我不想去思索，不想去承认的，都被美菱在这一刻道罄。我有一点难以忍受。音乐在迷乱，夜色在迷乱，我也在迷乱。我需要一点酒精的麻醉。

于是夜深，被动地对她产生欲望，她靠近我，我便把她抱紧。之后她深情地亲吻我的脖颈，一阵充满诱惑力的香水味道浸透了我。

然而不幸的是，就在我们两人都酣畅淋漓的时候，一切却倏然终止。我的手机响了，有一条新短信。不想停下来，但我的激情却已经被那突如其来的手机铃声带走，我无法继续。

美菱很不客气地推开我。"是谁，那么重要。"

是千绘的短信，当我听到这个短信铃声的时候，我就认定是这个结果。也许，这是我潜意识里一直企盼的结果。

我叹了口气，坦然答道："是千绘。"

美菱愤怒地起身，穿好睡裙，走到外面去。

千绘在问我："漫漫长夜，在做什么。"

我简单回答，没有什么。

千绘说："那过来吧，我在等你。"

唱机里流出来一段颇为煽情的音乐，是玛丽亚·凯利的《I Still Believe》。在旋律的起落之间，我的情绪也被带动了起来，已然沉入海底的那些形而上的幻想再度浮出水面。

我想，就算此时我再次与美菱回到床上，也不会再掀起什么波澜。我们今日的汹涌波涛于瞬间嘎然而止，或并非偶然，一直以来我与美菱之间的种种纷扰，似是早已形成这般趋势。

我要离开，美菱正好端着咖啡走进来。

"去哪儿。"美菱的目光中充满憎恨。

"公司有点儿急事儿。"我不敢正视美菱的眼睛，信口说了这么一句。

下楼后我才想到，刚刚我已经告诉美菱那条短信是千绘发来的。突然捕捉到一种备受折磨的感觉，是那个长期被抑制的自我，他在觉醒。

我加大油门，迅速地离开了这个一直以来给我梦与真实的地方。我清楚，自己在现实之中无可期望，能做的也只是被动地顺从在夹缝中艰苦爬行的欲望，而道德绝无力将它拯救。

去千绘的住处，要跨到江的另一边。这也便有机会让两岸的灯火在我的脑中产生更多的浮想。

千绘对我来说，是个既遥远又亲近的人，一直都是。在内心深处，我们也许能够感觉到彼此，但在现实之中，我们却始终有着不可逾越的距离。

大四。

我们分手当日。天上细细密密地下着冷雨，她打电话给我，声音平静。只是约了一个地点，并不再说些什么。其实，我等那一个电话，等了很久了。流言已经遍布，她必定已经知晓，她需要我的一个解释。

然而，我们见面，她并没有索取我的解释。什么都不曾说，只是在逼人的雨雾里，朦胧地说了分手。

当一切已然发生，解释又有什么用呢。况且，当日决定与美菱在一起，亦多少是因为潜意识里面已经获知，我与千绘迟早要分手，千绘的心已另有所属，她物质，她总会与我分手。

理性地想是这样的，但做起来，却是很难的。对我，对我们彼此都是。

外面的空气冰冷而潮湿。在凉亭里，我吻她，她犹豫不决地推开我，之后沉默片刻，她又忍不住向我扑来，疯狂地吻着我，而后她再度带着自责的意味触电般地逃开。千绘与我的爱情，或可说，从一开始即是如此这般的冰冷和苦涩。

这个时间车很少，过了江也便到了千绘的小区。停下车来，给她发短信。

这时，迎面驶来的车冲我闪了下远光灯。我看得很清楚，那并不是辆白色宝马。继而收到一条微信，是千绘。她说：这是我，跟上来吧。

千绘车速适中，我远远地与她保持合适的距离。沿着夜幕下宽阔的滨江大道，我们驶向深邃的远处。

半个小时之后，我们停在了江边一处废弃的建筑旁边。千绘有意把车单独停在远处，之后走到我的车上来。

我对她有些冷漠。我们之前发生了什么，我无法忘怀。现在我也可以理智地理解为，她否定了我们之间的爱，否定了我长久的痛苦，亦否定了我对真爱的固守和坚持。

千绘接受我的冷漠，她表情温和。之前的激烈争吵或只被她理解为一次不经意的普通对话，一切她都不愿再行提及。

她却谈到了我们的过往，深掘了我们那些似曾消失的记忆，后来在偶然之间竟发现了一个我们共同的梦境。

她说："非典那一年，我们被封闭在学校里。你带我翻墙出去，大半夜里被保安追了一路。"

我笑，这或许是我们最惊心动魄的一段经历。

"后来，我们顺着郊区的铁路走，途经一座废弃的车站。"

"是啊，蛮有感觉的一个地方，古老的哥特式建筑，还有钟楼。"

"是的。我要说的梦境就是产生自这里。你知道吗，我常常会做同样的一个梦，梦的背景就是这里。"

听到这里，我的诧异已经出乎了自己的想象。我确实在跟她做同样的梦。

我们交换着梦境，互述细节，情节居然如出一辙。

列车进站。

带着恍惚的神情，我走下列车，踏上月台。这里是冬季，隐约地我能看到远方的钟楼上尚保留着些惨淡的残雪。这座车站是幢标准的哥特式建筑，屹立在风中，原本就灰白的色调在靛蓝的夜色中更显得有几分沧桑。

月台上几乎没有人，灯光昏暗，冷清之至。没有标示，我不清楚这是什么地方。没有出口，没有通道，两边都是交错着的铁轨，深邃地延续至看不到尽头的远方。

有零星行人，但却不曾有人注意到我的存在。意欲询问，但声音飘在空气中，好像还不曾传到他们的耳边就已经凝固了。被困在凛冽的风中，我突然意识到这是一种让人顿感恐怖的寒冷。

千绘会出现在我的世界里，始终我都坚信这一点。在我最无助的时候，我看到了她。然而，寒冷依旧。千绘亦无奈地冲我微微摇头，然后把食指放在嘴上，做了一个不要说话的手势。千绘向前走，毫无表情，我紧随其后，恐怖与寒冷伴在左右，似无尽头。

铁轨外面的旷野都是相同的冷峻，残留的雪迹夹杂其间，反射着零星的昏暗光线。给人们留下的第一印象就是一种冷漠的伤感。

冰冷、沉重、疲倦、绝望，没有止境。虽然清楚这是一个梦境，但是，始终却不能知道如何醒来。

千绘的梦境亦是如此。只不过，在她的梦里，我们彼此的位置调换了一下。

千绘在我的脸上留下深情地温度。她告诉我。紧紧地抱住她，不要让她像梦境中那般无助。

凝重的夜色就仿佛沉重的水银一般，流淌在我的世界里，给我质感也给我重量。我在黑暗中犹疑，是不是要走下去。

然而，我对千绘的一切想法都不对。跟千绘重逢之后，我幻想着得到些什么，期盼着哪怕是一点无足轻重的答案。但是，千绘却用一种不露声色的技巧操控着我们之间的距离，她需要满足的，只是她在婚姻中未能得到的欲望。于是，她想到了我，且确定我会就范。她远比世俗概念里的物质女人，更为贪婪。

情和性也许本就是两个相互独立的过程，而真爱的意义就是让它们交织在一起，并结出果实。

原本，我应该追逐的，就是二者的统一体。可境迁时移，我得到的却分别是两个独立的过程，并且不会有果实。通过今晚，千绘已经明确了我们之间的关系。

就在车里，我们草草交欢。在一阵仓促的激情与悸动过后，最终，她带着复杂的表情，先我一步离开。

朦胧的夜色中，我漫步在江边上，自己也梳理着自己内心世界中的那种朦胧。

跨江大桥就像女人劈开的双腿，一面站在庸俗的物质欲求上，一面又要把情欲和暧昧踩在脚下。为了这些，可能再辛苦她也不怕。

凉风袭来，我才发现我的渺小。浩繁的灯火之中，我甚至连一个点都不是。千绘在占有我利用我，而我却不能不沦为她的工具。因为这一时刻，我已期待太久，无论它以什么形态出现，我都必然接受别无选择。之后，我会懊悔地鄙视自己，但能做的，也仅此而已。

不过，既有了这个起始，我们必然会继续下去。

结束之后，千绘总会偎在我的怀里，良久良久。透过车窗看外面靛蓝色深邃的夜空，一种真切的感觉总会于此时浮现在柔软

的内心里，让人在这一瞬似把一切都看清看透，甚至看破。

千绘下车离开，穿过夜幕下黑压压的残破建筑，走回自己车上。

千绘告诉我。她孤身一人在这座城市，始终会处在监视之下，所以，租来这辆很大众化的别克，然后沿滨江大道开三十公里来到这里。她确信这段宽阔的路面可以让我们辨清是否有人跟踪。

我对她说："夫妻做成这般，何必继续。"

千绘的口气充斥着嘲笑，"必须继续。"

我很难理解。

千绘对于我们的约会，总是构想很多。而我能做的，只是按时将手机调至静音。直至千绘离开之后再作处理。

当夜。

开车从跨江大桥上回去，我的心中燃起了一种久违的征服欲。我知道，那源于对现实的憎恨。

夜里三点，我又叩开了美菱的门。之前我离开后，她便回到了她自己的家。

从睡梦中醒来，美菱有一种妩媚的病态美。那种让人怜爱的娇柔与单薄总是被她演绎得淋漓尽致。

虽然，起初带了些不悦，但很快她还是进入了状态。高潮中，罪与罚的标尺又再一次深深地烙在了我的心底。

生活不曾发生改变。我无法向美菱作出合理解释，而美菱也无从质问，她自知自己必然地要与另一个女人共享一个男人，只能坦然接受。而千绘作为一个不能买单的掠夺者，更无从要求什么。而我，虽在某种程度上可肆意地享受同时占有两个女人的过程，且把它当作一种对庸碌生活琐碎世俗的颠覆对弱肉强食丛林法则的报复，然而，深埋于内心之中的疼痛却始终如黑洞一般，吞噬着我生命中的任何光芒和炽热，吞噬着我曾经纯净且坚实的魂魄。

第七章
Chapter Seven

　　现实不同情弱者，于是弱者便只有抱定飞蛾扑火的信念冲向它，即便只是破碎它的边边角角，也算得其所。对于一个被置于不公平潜规则下的普通人而言，杀身成仁，这便是仁。

千绘倒在我的胸前，我抱紧她。真希望，这样一刻能永久地凝固下来。但现实就如同这滔滔江水，浑浊中也不甘平静，激荡是它的存在方式。而作为构成微粒的我们，也必须在浪峰上挣扎，在起伏中适应。我们无法选择。

我问千绘："这种状态我们能够保持多久。"

"不确定。保持到我们被迫分开。"她淡淡地说着，旋即，又补充道，"总之，我个人是不会厌倦的。"

"只是因为这是你发起的？"我问。

"不，我遵从感性。我从心底渴望这样。"

我笑，"可你曾经，更遵从理性。"

"不，那只是无力改变。无能为力，你明白吗，人其实是很卑微的，有些事是没有选择的，不是如你所想的。"这些话，千绘好像说得很权威，很大义凛然。

"是的。不是如我所想。"我说。

现实，确实不是如我所想。就因为大四那个混乱事件而产生的余波，我被学校给予处分并通报批评，且暂缓一年毕业。也因此，那一年，我既未能到我的研究生学校报到，亦未能出去工作。

原本计划筹备与美菱的婚礼，却被明确告知，我压根儿也不配负这个责，更不配与美菱走进那段婚姻。

于是，这一年，我像一个孤魂野鬼一般，在痛苦与挣扎之中艰难地熬过。没有毕业证，我哪儿也去不了。

只是那段最最痛苦的日子，我一直在幻想能够得到千绘的一个电话，哪怕不是安慰，是痛责，也无妨。我想，至少我有机会，可以对她说出真相。我并不奢求她的谅解或者回心转意，我只求她能够了解我的心。

然而，我错了。

我始终都没有得到来自千绘的只言片语。手机号码换掉，她也没有再次与我取得联系。

　　不过，我却从其他同学口中获知，从大学毕业，到她结婚，总共只花了三个月的时间。她的婚礼在我们当地的五星饭店举行，去观礼的同学甚多。

　　然而，由此而传到我这里的纷繁信息，只是令我更加疼痛。多数人持一种叹羡的目光，说千绘嫁得可真好，婆家婚礼当天就准备了个一百万人民币的大红包，仪式上，一百沓现金装在一个大礼品盒里，公公现场打开由新郎亲手端给老岳丈的，老岳丈激动得差点晕倒。至于其他场面，不必再言。

　　之后，千绘开上了宝马，住上了别墅。这就是现实，简单，但是残酷。

　　后来，一旦当我拿到毕业证。我便离开了我们那座城市，来到上海，一边工作，一边考研。

　　所以，我始终不肯相信，千绘是因为我跟美菱所发生的那段插曲，而离开我。

　　然而，现在，再追究当年的这些孰是孰非，已经毫无意义了。不过，虽然千绘在对待我们两人的当下关系上，摆出一套及时行乐今朝有酒今朝醉的姿态，但是，刚才她"无能为力"的那番话，从一个侧面也反映到，她希望对她当年的一些所为，作出解释。

　　但是，我想，解释就都不必了。于是，我也没有接续她的话。我深深地叹了口气，我说："我们之间，就到这里吧。"

　　"什么意思？"千绘突然愣了，她坐直身体，生硬地问道。

　　我淡淡地解释说，"我们以后，不要再来这个地方了……"

　　"你不爱我？"她突然打断我，这样问道。

　　场面定格。我也没有想到，她会突然之间这样问。不过，千绘紧接着补充道："我一直以为你，是一直在爱着我的……"

虽然事实如此，但她的这句话却在那一霎狠狠地也深深地刺痛了我。我怒道。你凭什么这样认为，你凭什么要求别人在你结婚之后还对你痴心不改……

千绘的回答却很冷静。因为，我是这样的。在我的内心里，我是一直爱着你的。在我结婚之后，在你结婚之后，都是这样。千绘的这番话说得简单、清楚，而且自内而外都透着一种不容置疑的真挚。

我冷笑。"既如此，你为什么不肯离婚呢？"

千绘似有难掩之隐，她的话含在口中，欲言又止。我等了她很久。

没有答案，于是我说："如果说到现实性的因素，现在的我，虽然很难说是富有，但该有的也有了。如果你不是物质欲求过分……"

"不是因为这些。"千绘即刻否认。

我似是有些失落地吐了口气。千绘接续道："不要叹气，其实我们彼此有爱，这就很难得。只是，在现实社会之中，普通人的爱，就如同普通的人一般，渺小、卑微，就像是蝼蚁，我们很难让真爱在现实中存活……"

"为什么很难。具体到我们两个。"我问。

千绘避而不答，随即说道："凌宇，其实除了婚姻，我什么都可以给你，我给你感情，给你肉体，给你我的时间……现在的我，难道还不够真诚吗？"

我思忖良久，淡淡地说："爱情如果不能够与现实抗争，披荆斩棘挣脱束缚，那这样的爱情着实太卑微了，而我们的爱情如果连与现实抗争的勇气都没有，它还有什么资格被称为爱情？"

听到这里，千绘黯然神伤，她转过头，看了看窗外。她说，"爱情和婚姻在现实中的统一，那是现代人的一种极大的奢求。"说完，千绘兀自下车离去。留给我的是，一种很莫名的感觉。似是同情，亦似是一种留恋。

之后，我收到她的微信。她拍了一下天空，然后发给我，并一行字——谢谢你陪伴我的这十九个夜晚。真巧。

她这句话，显然是在影射些什么。因为，我们分手的那天，刚好是七夕。我曾说"真巧"。而千绘的生日是十九号。所以，现在她说"真巧"。

或许，这就是爱情，即便是两个人相爱，即便是两个人小心翼翼，也最终避免不了对彼此的伤害。

同时，突然决定与美菱再次分开，而这次我确信我们会分得彻底，不再瓜葛。因为，我决定把大卫的Zippo打火机取出来给她，并告知她当年的真相。

之所以做出这个突兀的决定，也是因为这个夜晚跟千绘，在那个三十公里之外的荒墟里第一次碰撞出点滴的感情。

美菱正在等我。她似是意识到了些什么。

她为我准备好了宵夜，熄掉灯，在烛火中，她为我倒了一杯人头马。我们面对面坐在那张长长的餐桌的两头，彼此沉默着。

"今天是什么日子。"她突然这样问道。

我摇头。

很静，倒酒的声音都足以让人心惊。不知这滑腻而又柔情的液体流入体内之后，会引起什么样的反应。

美菱端起酒杯，凄然地说道："我们结婚两周年，纪念日。"

我不知作何语，只是波澜不惊地低头呷了一口酒。

"为什么你在这个日子，还他妈跟别的女人鬼混！"美菱吐了脏字，摔了酒杯。

我继续自顾自地喝酒，且浅笑道:"这个日子,还需要再纪念吗。

我们的婚姻都已经不复存在了。"

"我就知道，你会这么无情。"美菱不出乎意料地落了泪，在我来之前，她就已经喝了很多酒，酒后，她自然是开始倾倒她的情感。

"可是，我却一直很珍视我们的婚姻。无论它现在是存在的，还是已然消亡。"美菱含着冰冷的泪，继续说道。

这一点，我承认。美菱为了我，为了我们的婚姻，确实付出了很多很多。

那个事件突发之后，最初，美菱的父亲是暴怒的，女儿被人玷污，那般凶神恶煞似的反应，亦是可以理解的。他找来一伙人，先是在校园里将我暴打一顿，之后将我带上一辆没有牌照的面包车，那时我就在怀疑他是否是想要将我杀掉之后于荒野里抛尸。

不过，最终我是在郊外见到了美菱的父亲，一个看起来并不那么凶神恶煞的老人。而且，美菱的父亲在接到一个电话之后，一改最初对我的谩骂，开始对我和颜悦色起来，晓以大义，并在最后吩咐手下，送我就医，而后留下一万块钱。

在当我把钱丢还给美菱的时候，她撸起手镯，给我看她手腕处的疤痕。她说："任何人，让你疼痛，我就会加倍地让他疼痛，我爸再也不敢找你的麻烦，而且，他一定会从心里把你当成他的女婿。我选中的男人，谁也否定不了。"

不过，当我后来随美菱她家里的时候，她的母亲还是说了那些不需要我负责的话。当然，美菱在那一刻是被支开的。

后来，我来到上海，一边工作一边考研。而美菱在我读研的第一年，获悉我的下落，便也到来。

甚至她为了炮制一个精彩的邂逅，不惜花掉大量时间，当然还有大量金钱。

还记得那是个雷电交加，风狂雨躁的日子。暴雨突然发生，像水刀似的，疯狂地蚕食着这片已被后工业时代的人类文明打下深深烙印的土地。毫不留情。

地铁站里弥散着浓重的水的味道，混迹在湿漉漉的人群之中，自始至终经历着极度的压抑。被雨打湿，头发粘在一起，狼狈极了。突然看到美菱，她轻盈地走来，似从天而降。高跟鞋发出的清脆声响，突兀地印入我的记忆。

"Hi。没想到在这里能遇到你。"她走过来，笑意盈盈地这样说。

"呃，是，是啊。"对此，我深感突然，以致形成一种对理性影响久远的首因效应。

她的出现顿时让我潮闷的视野里爽朗起来，而我亦在这般焦灼的雨中找到了些许情爱的感觉。于是，便有了我们之后的故事。

其实，现在我深信，这个邂逅的故事，只是一个刻意安排的桥段。

后来，我们婚了。婚得一无所有。在我的强烈要求下，我们的婚姻，拒绝了美菱的一切家人朋友，拒绝了美菱的家人的一切财物。除了一纸婚证，其实什么都没有。

不过，美菱依从了我。所以，现在我说，我感念美菱为我们婚姻的付出。

或许亦是因此，影响了我的判断，让我误以为我能够爱上美菱；亦是因此，我妥协，我与美菱误入婚姻，形成了我们之前的浑浑噩噩，混乱不堪。

终于，我把大卫那只 Zippo 打火机取出来，丢在桌上。

"什么意思？"美菱问。

"该发生的，终究是要发生的。"我淡淡地对美菱说，"这只打火机，是大卫的。是我在我们大四的那个夜晚，在我们大四的那个 KTV 包厢里发现的。"

　　"什么？"美菱大为愕然，或许她已经明白了什么，但这个事件还必须由我讲得更加明确。

　　我说："那个晚上的那个人，不是我，是大卫。"

　　我原以为我会被需要解释更多，我原以为美菱会暴怒地摔砸，至少是把打火机丢出去，但她什么都没有做，对着那只已然陈旧的打火机，她怔了许久，而后她默默地将它收在包里，转身离开。

　　突然，我想到，这是美菱的家，旋即追出去，但她已无影踪。

　　生活突然变得空旷，但于我却是一种难得的安适。向来，我也不是那种乐于被各色情感搅扰着却左右逢源游刃有余的男人。这是我的弱点，亦可能是我的一个亮点。一个期求得到真爱的人，首先他不应该是一个多情的人。

　　突然，Artemis给我打来电话。上次相亲的那个女孩，普通，平淡，但是却让人感到安全。如果不是美菱那个突兀的电话，或许，我们之间会进展到一种质变。娶她，过一种普通的生活。就这样吧，生活，本就应该这样。

　　但是，现在，情形却大不一样。不管怎么说，与千绘上次碰撞出的些许幽怨的感情，至今仍余音未绝。至少，她承认了她对我的爱，无论她是否就是那个不能买单的掠夺者。

　　与Artemis约到了港汇，其实我特别希望能够送她一些东西，衣服、香水，无论什么。但她却很有原则，坚持自己买单。或许，她就是那般普通的一个混迹于南方城市的典型白领，精明、干练，画不浓不淡的妆，可以有效地掩饰自己的情感，一年不辨四季地踩着十公分以上的高跟鞋，头发扎着就叫作职业，散开就叫作妩媚。商海浮沉，适者生存，她们即是如此，在这座流光溢彩声色犬马的大都市里把自己打磨得圆滑，也千篇一律，至少让自己生活下去。

　　说实话，我不喜欢她们，但却同情并珍惜她们。Artemis就是其中最最典型的一个。

她名叫 Artemis，她亦是外语专业的毕业生，但她显然并不了解 Artemis 的故事。

Artemis 是希腊神话中的月光女神，她活泼、健美、爽朗，她风姿绰约、能骑善射，但她却不曾拥有美丽的爱情。海皇波塞冬之子奥瑞恩（Orion）是她第一个垂慕的人，但她却亲手杀了他——虽说是误杀。后来，她又倾心于英俊的牧羊人恩迪弥奥（Endymion），但因为她这位英俊的少年遭受了一种美丽而严酷的惩罚——宙斯让他永远地长眠了下去……

而之于她，显然并无心了解这个名字背后的故事，她只知道，现在她叫 Artemis，会得到身边所有人的赞许，尤其是男人。

多数人的故事与现实生活，还是有着本质距离的。

我们的对话沉闷，政治、军事、科技、金融、信息、传媒、时尚、国际形势……这些在白领圈子里总是高端大气似是永远不竭的话题，在我们两人之间，却充满了冷漠与寂寥。我们两人把这些谈得生硬无聊，似是敷衍。

随后买单离开，一切皆似流程。

于一个长期漂泊不定的流浪者而言，憧憬着安定，却又惧怕安定。

然而，我的生活却注定不会是那么平静的。

在这个冰冷到绝望的冬日，一个陌生的号码再度将一种危机带入我似已平静的生活。在我与 Artemis 相约的两个小时上下的时间里，拨打了二十几次。地点显示是在上海。

我已经预示到要有什么事情发生。送 Artemis 回她的公寓后，我将电话拨回去，电话在第三次才被接通。一个沉重的声音，是卡珊。

找到她时，已接近夜里四点。她坐在徐家汇的一家快餐店里，衣着单薄面容憔悴，流露出来的完全是一种让人痛惜的感觉。

我有些急切。问她怎么了，她只是说，希望能够回去上班。

我说，完全可以，之前曾经答应了，离开的日子只是算作休假。

她惨淡地一笑，表示感激。

我继续追问。

她很平淡地告诉我。他的男友已经精神失常，对她进行极端的暴戾伤害。

"怎么伤害，他动手打你了。"我问。

卡珊摇头，岂止是打。

然后，她侧过身子来，卷起裤子，给我看她大腿上的伤疤。她恨恨地说："这是用烟头烫的，他把我绑在椅子上。"

我震怒，且失去理智。我说"报警，或者我现在就陪你去找他。"

"找他又能怎样，你替我痛打他一顿？"卡珊冷冷地对着我。

我有些无奈地作答："那么，报警吧。"

"不。我不想报警。"

"为什么。难道他这么伤害你，你对他还有抱有感情？"

"不，不是的。"卡珊叹了口气，吸了一下可乐，说："他，已经精神失常，现在的他，可能在吸毒。"

"吸毒，那更应该报警……"

"不，不要这样。他已经精神不正常了，本身境况也很凄惨。放过他。"卡珊认真地跟我说。

"你，你还要维护他。他那么对待你。"

卡珊摇头，之后带了一种义愤的口气冷漠地对我说："他别无选择，自己所爱的人，被一个比他有钱有势的人横刀夺爱，他能怎么办。"

不知为何，在这一瞬间，卡珊突然翻转了角度，她似是站在她男友的立场上，客观公正地来为我来讲述，他为什么囚禁她折磨她，讲这其间存在的不容置疑的理由。在那个凌晨四点钟空荡荡的快餐店里面，冰冷的话语和着死寂的空气，令我不寒而栗。

于是，卡珊男友的几句话被我刻在心里。他说，现实不同情弱者，于是弱者便只有抱定飞蛾扑火的信念冲向它，即便只是破碎它的边边角角，也算得其所。对于一个被置于不公平潜规则下的普通人而言，杀身成仁，这便是仁。

无可否认。这些话深深地触痛了我。曾经在绝望的时候，我也深深地抱定了这样一种凛然的信念，并坚定地认为是对的。然而现在，时过境迁，我竟一时间无从搞清自己的立场。或许，我是受害者，亦是掠食者，是丛林社会客观食物链中间的一环。所谓对错道德可能皆被作为荒诞的笑谈，真正意义上的标准只有强与弱。

我感觉到了自己的丑恶，心底深藏多年的仇恨与我似是刚硬的道德角斗起来，沙尘弥漫了我的大脑。最终我落荒而逃。我很怕，这是我抵抗现实报复现实的最终结局。

我们出门，凛冽的空气刺入骨髓，让人疼痛。门口惨淡的灯影下，卡珊显得消瘦不已。我脱下外套，为她披上。她一惊，然后转身扑在我身上，一时间泣不成声。

站在风中许久，突然感觉到，寒冷确实让我们在某个时间里坚硬了很多。

我把卡珊带回家中，她曾推却，但并未坚持。

电梯里，她略带睡意地靠在了我的身上，那冷冰冰的光线刺在她苍白的脸上，显得有些忧伤。

"明天要去上班吗？"她问。

我说："不，明天去买衣服，买你需要的东西，我可以陪你。"

说这话时，突然有一种责任被我清晰地察觉到，令我无措。

卡珊点头，疲倦的笑容显得勉强。

这是一个冰冷的黎明，灰蒙蒙的晨光透进室内，写下一层赤裸的抑郁。

"去洗澡，睡觉。"

卡珊说："不，现在我只想听一点音乐，带有荒芜感觉的，比如《Anhedonia》。"

好。我依从她，去拿碟片。然后就在那般无助的旋律下，卡珊坐在沙发上，我们靠在一起看着天一点一点亮起来。

次日，我被安排了很重要的会议。卡珊一个人去买衣服买化妆品买一切生活所需的东西，信用卡刷掉几万。

晚间归来，短裙黑丝长靴，她有意把自己打扮得性感撩人，她对我说她一定要诀别过去。

她把我的卡还给我，我责怪她。她平静地说，因为不希望用我的钱。

一定要这样吗？

必须这样，我们经济上要分清，否则无法证明我对你的动机。

我沉默片刻，沉重地告诉她。我们之间，本就不应该存在什么关系，并且今后也不会再存在什么关系。

卡珊突然变了脸色，她用冰冷的表情对着我。这么没有责任，你怎么可以，怎么可能……

又是责任。而且卡珊先后用上了"可以""可能"两个词，或她认为"你怎么可以这么没有责任"不够有力，于是换成说"你怎么可能这么没有责任"。责任，这些年，由这两个字衍生出来的痛苦，太过强烈。

我无法对她讲述什么，而她也无意询问。再次陷入深度回忆，而留在身上那般落魄感，已然被其察觉。良久良久，我们都相互不言语，不接触，即便共同坐在一张沙发上。

卡珊只是用冰冷的眼神逼迫我屈服，而我却愈加对她产生憎恨。

突然她打破沉默，她说："我绝无意贪图你的财产，我只是情感上，对你有依赖。当然，你也可以忘记澳洲的事，就当作什么都没有发生。我可以不逼你负责任。在这年头，压根儿也没有几个人会负责任，我只当你跟他们都一样。"

责任，又是责任。自始至终，我都似是被这两个字折磨得疲惫不堪。这两个字，总是让我失措。这次，我无奈地如是说："假设你遇到了一个穷困潦倒的我，你还需要我负责任吗？"

"所以我说，我们要在经济上分清。否则，你会永远怀疑我的动机。"卡珊冷冷地对着我，即刻作答。

我又一次被她推向无措。我叹息着说："你，在逼我负责？如果是，那么，我可以。"

"怎么都好。"卡珊露出不耐烦的情绪，"只是我也希望你能明白，你我的关系已然在发展，且有了质变。"

"质变"。卡珊又用到了这个词。情势令我进退维谷，我分不清该怎样，甚至我分不清对与错。情感，总是如此，一个不经意的瞬间，就会产生龙卷风般的蝴蝶效应。

逼迫，从来也不是一个好的方式，至少在爱情里不是。不是源自于爱情的婚姻，绝对是不会幸福的，即便出于某种责任。比如，我跟我的前妻。我点上烟，来掩盖自己的仓皇。

突然，我又想到卡珊的故事，想到她向我讲述的关于她父母的故事。我补充说："你的父母，或许也是这样，责任，负得了一时，但难以负一世……"

卡珊打断我："你错了。虽然我的父亲离开了我们，但是他

的责任始终没有离开。直到现在，他还在一直给我们定时汇款。"

我笑了，笑得轻蔑。我说："如果钱，就是责任，那很容易，从今往后，我也定时给你付款。"

"你……"

不知怎么，我们的对话突然步入到这般境地。卡珊忿忿然地咬了下嘴唇，想要说什么，却最终忍住。

"对不起，我只是……承接你的话。就当我没说吧。"我为我的唐突道歉，其实今天，卡珊一直在努力划清我们经济上的纠葛，至少从某种意义上，她希望我们更加纯粹。但是，我也不清楚，怎么话就说到这儿了，我们之间，愈发浑浊。

卡珊摇摇头，轻松地说："钱，就说钱吧，你打算给我多少钱，作为补偿。"

我被彻底搞乱："我……你说吧。"

卡珊冷笑："我要你这套房子。"

"什么？我……"

"我去洗澡，你慢慢考虑。"突然，卡珊从沙发上跳下来，冲我轻浮一笑。我们的尖锐对话，终于结束。

在唱机里塞上 Secret Garden 的碟片，我在试图让一种神秘的清幽和爽朗来缓解我此时内心的焦灼。她竟然提到了房子。

然而，当卡珊走出浴室之后，一种更加突兀的空气飘散过来，吹散了原本已然舒缓平和的一切。湿漉漉的长发披散在削肩之上，把她衬托得温婉可人，而轻轻挂在她面颊和前额发丝上的水珠，晶莹透彻，创造着所谓梨花带雨的感觉。

她喷了香水，那般熟悉的诱惑力又渐浮现出来。站在浴室门口，她就这样痴痴地看着我，乌亮的眼睛里仿佛闪动着泪光。

没有理她，我默默地点上了一支烟。

而卡珊缓缓走到我身边，除了那有着浓重魅惑力的味道，她的身上还布满了水的温润气息，突然感觉她像一块磁石，吸尽我一切道德和理性。我近乎无能忍受。

她讪笑。"为什么不会喜欢我？"

突然，大脑里残存的一丝意识让我痛苦地惶恐起来。

"我，不能成为爱的理由？"卡珊笑得恣意。她所谓的"她"，显然指的是她的身体。

我不置可否，自顾自地吸烟。

卡珊淡淡地道："怎么，被我刚才的话吓到了，你以为我是真的觊觎你的房子。"

然而，卡珊的话，并没有让我感觉到些许的轻松。果然，她紧接下来的话，令我震颤。

她这样说："如果，你不能够给我婚姻的话，那么，只给我爱情也可以。"

"什么？"

你不是总在谈爱情吗？

"我是……卡珊，你究竟是想表达什么意思？"

卡珊冷笑，"我只是想告诉你，其实，我只做你的情人，也行。"

"什么……"

带着一丝矛盾和反感，我把烟蒂使劲儿地摁在了烟灰缸里。推开她，然后自己把自己锁在书房里。

我看到了书架上的《雪国》，看到了《且听风吟》，看到了《生命不能承受之轻》。我感到自己的人格在分裂，而由之衍发出一阵剧烈的疼痛，令我痛苦不堪。

我曾坚定地认为，自己素来固守着道德的起点，即便是被仇恨所充斥之时。然而，悲哀的是，此刻的脑海里尽便回映着在悉尼我与卡珊的那个夜晚，激情和悸动始终跳动在神经的最末梢。

第七章 Chapter Seven

　　或许，我真的有着双重人格，人总会或多或少有着双重人格。一面虚伪，一面真实；一面崇高，一面恶俗；一面是道德的虔诚信徒，一方面又是罪恶的忠实走狗。在对立和统一永恒的折磨下，痛苦注定与我相随。

　　卡珊敲门，声音中充斥着攻击性。

　　"你为什么在这个时候，才开始对我逃避。"她大声质问我。

　　隔着半透明的玻璃，卡珊柔魅的身影让我心乱。我强迫自己作出如下回答："我们毕竟不合适，我们终究也不会在一起，所以，我决定不再碰你。"

　　"什么？不再碰我，不再碰我是什么意思？为什么现在才开始不再碰我，你不记得，之前你在澳洲都对我做了什么？"卡珊暴怒。她拍门踢门，并用身体去撞门。

　　我看到玻璃在昏暗的光影中，剧烈颤动。

　　"怎么，我连当你的情人都不配？你究竟在逃避什么？"卡珊的话突变，变得朴素。

　　玻璃终于被震碎，清脆地散落在地上，一片晶莹。我与卡珊在瞬间都冷静下来。玻璃划破卡珊的血管，我看到有鲜血从她的脚踝处渗出。在这一刻，我竟突兀地意识到，卡珊亦是我深埋在内心里的一种爱。而这种爱，恰是源自于卡珊真实且暴戾地对情感的那种发泄。

　　伤口很深，鲜血洒了一地，她坚持不去医院，于是找出药棉纱布帮她包扎。

　　周围一片狼藉，突然又让我想到与美菱在一起的某些日子。亦是这般混乱破碎的，只是这般场景下，美菱往往在哭，而卡珊在笑。

　　"为什么开始拒绝我。"她问，"我知道，你是一个敢爱敢恨敢负责的好男人，你素来不会跟一般女人随便发生些什么。但是，有些事情已经发生了，在澳洲……"

"我们不合适。"

"哪里不合适。"

"首先是年龄，而且，你之前有你的所爱。我现在对你负责，在外人看来，我就是一个情场的掠食者，就如同那些猥琐的男人利用自己世俗观念里所谓的成功光环，去疯狂占有年轻女生……"

"那些都是你禁锢自我的虚妄枷锁。"卡珊把腿抽回去，忿忿地说，"那个男人囚禁我折磨我，那般对待我，我没有理由去爱。这与你无关。而你，极力希望证明你偏执的理念，证明你是不屑用物质条件获取女人的。这与我也无关。我们是两个自由的人，可以自由选择自己的幸福。为什么一定要给自己设置这样的枷锁呢？"

"枷锁？不是枷锁，而是信念。"

"信念？你的信念就是，自我标榜着伟大崇高，然后推卸责任，你在澳洲的那个晚上，信念在哪里。"

"我承认，我酒后失态了，澳洲的事，完完全全是我一个人的错误。现在，我愿意更正，也愿意弥补，甚至是责罚，我也甘愿领受。你可以说说你的要求。房子，可以的……"

话说到这里，卡珊突然语噎。长久的沉默之后，我突然发现，卡珊的血，已经滴到了地板上。

我说："卡珊，你必须要去医院，不要任性，恐怕是伤到了血管。"

卡珊阴郁地冷笑，"是伤到了心。"

我没有应她的话，只是抱起她，出门去医院。

走至门口，她突然强烈地挣脱开来，站在地上，继而才说："你刚才问，我的要求。我没有什么要求，我只是希望我们能够在一起。"

我刚要重复说，我们不可能在一起之类的话。

她却抢先补充道："我们结婚。你必须负责，就算是没有感情也罢，就算我逼迫你。"

"什么？你……"听到这话，我彻底怔住。

卡珊冷漠地笑了："冷凌宇，我现在无家可归，无处可去，无路可走，我住在这里，你该不会要把我赶走吧。"

"房子，你住，甚至归你也可以。我简单收拾东西，毅然离开，并不再纠结。之于卡珊，我有清晰的总结。我无法与她在灵魂上形成统一，故而无论她的肉体具备多么强大的诱惑，也无法成为一个理由。至于责任，暂且搁置吧。"

只是，就此离家，突然有一种幻灭的感觉。我终于无处匿身。

行至大街看到无数穿着光鲜的女性正挎着有钱男人虚伪作态的时候，我明白了，物质生活下道德的淡漠已然让金钱成为强权的风气演进到一种可怕的境地。而多数人身处其中，屈服顺从进而演绎，或可冠冕地也被称作一种别无选择。

开着车，我穿梭在这座充斥着繁华、文明、物质、高雅、现代、成就、激情、激动、悸动和快感的城市里。然而，最终我还只是一个卑微的旁观者，我只作为一粒尘埃而存在着，处在一个渺小的位置上，观察着她的一笑一颦，一张一翕……

第八章
Chapter Eight

爱情确是一件突兀的事情，有时它的发生就如同夏日的骤雨，令人猝不及防。即使，它本身只是一种假象。

最后，我只能回到公司，就躺在休息室的沙发上，混沌地等到天亮。第一次我感觉到，这个灯火阑珊的芬芳都市或已然不再属于我，境况糟过我刚刚到此的时候。

黎明时，在一种极度的枯竭中睡去。梦境中充斥着一些并不相干的荒诞东西，有未完成的雕塑，泡了多遍的茶叶，非常炫酷的跑车，鲜血淋漓的绷带，香水或者仅仅是香水的味道，还有带刺的鲜花。就是这样一些无章的东西，不存在逻辑性且并不记得有什么曾进入到我的记忆，我也始终无法将它们串联成一个故事，但在梦中它们却清晰不已。它们似显现在博物馆里，也似被陈列在刑场上。

清醒后的回忆过程痛苦不堪，一些恐惧夹杂其中，让人焦躁不安。

突然接到一个电话，是美菱打来的。她在宣布她的决定。

虽然确定这是迟早要发生的事，但这一刻的来临似乎还是在意料之外。说不清是喜是悲。

美菱在电话那边哭了起来。她直白地说，我们需要在身体上告个别，今天她一定要在我们公司楼下等我。

而我感觉到的是，我们之间的任何感情皆已确定完结，这般似是藕断丝连的闹剧分明在体现着她占有欲征服欲未得到满足的那种不甘。

记得美菱曾经说过，从小到大，似是没有她不曾得到的东西。多数女人拥有的，她一样都不少，有些她也并不喜欢，就只是为了占有。在各色男生的围绕下长大，得到的也尽便是赞赏吹捧和顺从，且他们愿意被分门别类，满足她的不同需求。

后来我告诉她，或许就应该有个人，和他们不一样。人往往无欲则刚，她不是我喜欢的类型，我也无意对她有任何欲求。所以，我不会围绕她。

美菱表示怀疑。她自信地认定她的娇容会不遗余力地蛊惑任何类型的男人，只是为人冠冕的一些不愿意承认罢了。

我不否认。但我告诉她，于我，肉体的欲求只是整个爱情过程之中的一部分。当然还有更重要的东西。

这天下午，美菱果然来了。透过落地的玻璃窗，我能看到她那辆扎眼的奔驰 SLK 就停在街边。

她说："只是一个告别。"

我说："可以，不过，地点我们改在咖啡厅吧。我可以陪你聊聊。"

冬日里的咖啡厅冷冷清清，窗外下着冰冷沉闷的雨，缠缠绵绵。

这次美菱没有固执地要求什么，同意了我的建议。一个人早早等在那里，我进去的时候，看到她正在翻看一本村上春树的书，名字叫作《国境以南太阳以西》。

总是以为，她不会看书，即便看书，也只是看那些豪门闺怨之类的庸俗言情小说。不曾想到她会看村上春树。

不过，美菱说："书是你的。知道你不会再回我那里，我把属于你的东西，收拾了，带给你。"

几本书，几张老唱片。被她装在一个简单的手提袋里。

美菱说："一个谎言，骗了我那么多年，我不知道，我是应该感激你，还是应该怨恨你。其实，当年我一直在狐疑，那是不是你，只是你的确认，令我心安，或说是欣慰。"

我说："无论如何，都过去了。美菱，我也很感念这些年你为我的付出，为我们婚姻的付出。我……其实我希望你……"

"那些就不必再说了。"美菱生硬地打断我，"下面我将要有一个怎样的归宿，也与你无关。你并不爱我，却逼着自己跟我在一起那么多年，对我好，顺着我，忍受我的坏脾气。也很难得。

除了爱情，你几乎是什么都给我了。"

我叹气，心情有些无措。我分不清，现在究竟是该为美菱叹息，还是为自己叹息。

美菱起身离开。最后她留下这样的话："林千绘……"

"什么？"

"林千绘，当年看到了那一幕，她曾回包厢里找你，是她看到的，她误以为那是你跟我。这些天，我把当年与这事儿有关的人，都问了一遍。还记得吗，曾经散布说'亲眼所见你压在我身上'的那个女孩吗，她不是第一目击者，她是听林千绘说的……"

"什么？"

美菱离开，没有更多的解释。非但她的这番话，给我留下一长串的疑问，就连她说这番话的动机，我也不得而知。我的咖啡才刚刚被端上来，随后我便听到美菱的奔驰车驶离的暴躁声音。

当晚，我便一定要打电话给千绘。

千绘，本意要回去找我，却看到了我跟美菱，至少在昏暗的光线里，她以为那是我跟美菱。如此说来，或许我对千绘也有很深的误解，她可能本身不是那么物质，是这个事件，是我，将她推向了物质深渊的最深处。也或许是，看到了我跟美菱，她才会义无反顾地与那个暴发户的儿子结婚。

如果真的是这样，那当年我为大卫顶包，绝对是愚蠢至极。那将是令我抱憾终生的事。而且，如果真的是这样，那我亦会不惜一切地挽回千绘的心，即便是她给不了我现实性的婚姻，只要她的心，也是足够的。

一个下午，始终被这种追悔和自责的情绪所笼罩，混乱极了。打了几个电话，千绘都在拒接，后来，她回短信，只两个字——开会。

我无法按捺，之于过往的那些，我分不清是夙愿，还是宿怨。

114

下班，顶着阴郁的雨色，我驱车前往了江的另一边，我再次打电话给千绘，我希望她能够给我时间，能够听我道出那或于多年之后的我们不再有所谓的真相。

千绘接听电话，但她却无意要与我相坐。她那边的声音很嘈杂，她只是简单说，在忙，改天约。

不过，我等不了改天。我不辨场合地直接进入了主题。我说："千绘，大四毕业聚餐结束，那场混乱，那场误会……你看到的，在包厢里面，不是我，不是我跟美菱，是宋大卫跟美菱……这件事，你可以找他们求证，现在美菱和宋大卫都……"

话被我说得语无伦次，而且激烈。

不过千绘的回答却出人意料地坦然，她只是说："我知道。"

怕我不理解，她又平静地再复补充道："我知道不是你，我知道那天晚上你跟美菱压根就没有发生什么。"

"什么，你知道，你……"

千绘说她知道。也就是说，她并不是因为听闻或者亲眼看到我酒后乱性与美菱发生关系，进而跟我分手再与那个富二代结婚的，她的婚姻与这些竟然丝毫无关。我多年来对她的认知，并没有错，她是因为贪恋物质，她是个彻头彻尾的物质女人。

千绘在电话那边没有说什么，简单道了句"再约"，便挂掉电话。留给我的情感世界，如同散落一地的水晶碎片，凌乱而残破。

我突然再也搞不清楚，这些年，我所坚守的是什么，我所坚守的又是为了什么。

脑海中不希望却又不断地闪现千绘的影像，以及我们大学时代曾经温暖的瞬间，那些于现在的我，就仿似毒花罂粟。突然充满愤恨地将爱抛出脑际，决定今生不会再爱，并一度想要驱车前往声色场所。

车窗外沉重的雨声让我在极度的黑暗中嗅到一丝真切的悲凉。

就因为这个突兀的日子，这个突兀的电话，我便把我的生活决定在了与或许是图腾或许是信仰相对立的另一个极端上。我真的在怀疑，究竟我的信仰，人类关于爱情的信仰，是坚实不摧的，还是根本无谓的，而这些年来被我当作爱情图腾的女人林千绘，混杂在我说不清的爱恋与憎恨之间，究竟是怎样的一个本源？

不过，最终在酒吧里喝至深醉，然后回到公司的休息室。醉酒，我也不忘躲避着卡珊。

然而，这段残情，确是无可闪避的。卡珊来上班了。

次日酒醒，回到办公室，推门，即闻到了一股浓烈的香水味。

"伤口怎么样。"我问。

卡珊摆了摆腿，呈一个模特展示的姿势，惨淡地说道："还有些痛，但是没有太大问题。"今天，她换了一身颇显职业装束，简洁的衬衣，干练的西裤，雅致的小西服，一下便把自己提升到了另一个高度。这让我安适。

不过，她把钥匙放在桌上，并若无其事地说："我去租房，我已经决定了。"

"不。你……你先住在我那儿吧，你现在……"

其实我也不清楚，我应该摆在哪个位置上，将她挽留。通过昨夜对千绘情感的幻灭，突然我在潜意识里面又希望留住卡珊。当然，这不是占有，也不是爱情。

然而，卡珊却这样回答："怜悯，施舍，我统统不需要。而且，我也并不希望，让你感觉到我在威胁你，逼迫你。我们在澳洲的日子，就此就都忘了吧。"

"哎，卡珊……"

"什么？"

我从钱包里取出一张卡放在桌上："这个你拿着，如果你租房的话……不然，你就回去住，拿回钥匙。"

卡珊轻蔑地笑笑："你的东西，我什么都不会再要，包括感情。"

"哎，你……"

"我先出去工作了，老板。"卡珊转身离开。

突然，她蹒跚的背影被我痛在心里，眼前突然闪现那夜她的脚踝被玻璃划破的图影，鲜血洒了一地，情境有些惨烈。我喊住她："卡珊。"

她在门口停下脚步。

我走过去，递给她钥匙，"回去住吧。现在，你能去哪儿找房子呢？"

卡珊半转身过来，紧紧抿了下嘴唇，冷戚地说道："我回去，你离开，你让我怎么可能安心住下，你的家，是我的什么？而我，又算是你的什么？"

我不得不彻底愣住。

"你伤害了我。"卡珊摔门出去。

她的话让我再度陷入沉思。或许，这些年来饱受现实社会物质金钱的挤压，生活确有些风声鹤唳草木皆兵。我尚未让自己认清。然而，卡珊的这番话却让我感觉到非同一般的难能可贵，虽然我一时并不能确信她的所言绝对真实。

我总感觉，于物质女人而言，所谓的情感欲求无非是物质欲求的幌子，因为她们所渴念的情感必是源自有相当物质基础的男人身上。她们不会在意普通男人的情感，那些男人的投入，只是作为被她们嘲笑的卑微。而他们身上固有的那种质朴和纯净或被物质女人看来，如同粪土，不名一文且令人作呕。

但是，卡珊却令我迷惑。

千绘在一个冰冷的雨夜发来短信，要来见我，地点还是在那

个三十公里外的荒墟。

而我孤身在家，卡珊已然离去，此时的我，恰要聆听着窗外的雨声入睡。突然感觉对千绘的感情已然倦怠，因为在收到短信的时候，我确信自己怀疑过究竟要不要去。

不过，后来我心里突然这样确定，以这么一种方式得到千绘，就算作是一个枯燥且不得不执行的流程。或为了最终的灵与肉的统一，或只是为了报复她的地痞老公，也未尝不可。曾经我的爱情，我的内心都是纯净的。但是，现在不了。

夜色已深，外面又湿又冷。打开车灯，光线照进漆黑的雨中，渐行消失，让人绝望。

卡珊离开了我的家。在外租房，并不接受我的任何物质补偿，在公司亦不再试图与我聊及工作之外。这让我的心里一片狼藉。每每寂寥的时分，总会让我联想到疼痛。

千绘也尚未在这段时间联系到我，以致我时常陷入情感是非的反思。

但是，千绘在此日却怀揣迫切，她在湿滑的路面上飞驰，并无顾忌。车后水雾飞起，颇显动感。也即是这般景象让我在偶然间重新觅得激情。

开着车，我们先通了电话："为什么选择今天？"

她回答："触景生情。"

我冷笑，"什么景，什么情？"

千绘沉默了许久，悲叹一声，"当年，我确实曾经回去找你，我不想见美菱，但是，我却担心你，你的额头在流血……"

"无所谓了。"我冷漠应答。

"推门，我看到了不应该看到的一幕，但是也看到了你昏睡在另一边。我很欣慰。其实……"

我打断千绘："这些已经不是我们当年分手的理由了，还提它干什么。不说当年，就只是说说现在吧。"

"现在，说什么？"千绘原本预设的对话，被我生硬地扯裂，她的语气也骤然变冷。她生硬地说道，"上次，我们已经谈过，我不可能离婚，除了婚姻，我什么都可以给你。"

电话这边我在沉默。突然，千绘又再次补充道："时至今日，我还是一样地可以负责任地说，我一直在爱你……"

我第二次打断千绘，我说："我很感激你的爱，但只是，我们的爱，太脆弱了。"

"什么意思？"

"我们的爱，在现实中，卑微、渺小，脆弱极了……"

千绘打断了我："不要再说这些，我已经说过，我不可能离婚，这不是我们爱情的脆弱……"

"不说离婚。"我冷笑道，"只说，我们为了爱，在另外一座城市，还要开三十公里的车，到一片荒墟，才可以爱。难道，它不脆弱吗？"

听到这里，千绘仿似舒展了一口气。她淡淡地说："你不了解，我的生活时刻处于监视之下，我没有你想象的那般自由。"

可是，上次就在衡山路的那家酒吧，我看到你跟另外的人……

"我不想跟你解释这些。"千绘很不耐烦地说道。

"好。"电话被我挂断，对话戛然而止。此刻，我可以想象得到，我们或都曾不约而同地在某些时刻，体会着来自对方身上的沉重。

车行入滨江大道，我便很快发现千绘被人跟踪。一辆白色的丰田始终与她保持着四五十米的距离。我打电话告诉千绘。

千绘说："我已经看到了。"

我说："那么，前面路口，我引开他。"

"不，你绝不能暴露。不要让事情变得更遭。"

"无论发生什么，我们一起面对。"我说。

"有你这句话，就足够了。"我甩掉他后，咱们再汇合。千绘轻声作答，沉重地挂断电话。我们分开，之后我看到，白色的丰田继续尾随着千绘，且缩短了车距。

我无助地困在原地，竟不自觉地陷入到一直隐在心头的那段黑色记忆之中。

毕业聚餐，那个体育系的地痞，憋足了力气将一只酒瓶抡到我的额头上。顷刻，我的血洒在地上，我甚至可以听到血液汩汩在流的声音。

后来，情况反转，我把他按倒在地上，打得满脸是血。以彼之道，还施彼身。然而，这个仗始终还是我败了。学校的处理意见是，我被记过处分，暂扣毕业证，并单方面赔偿对方医药费。

这就是现实。

因为这个地痞，当然也因为美菱，我被最终确定暂缓一年毕业，因而也无从到研究生学校报到，无从工作。那段阴暗的岁月，至少告诫了我，一个弱者，于丛林社会里找寻一份合适自己的爱情，太难太难。

这个晚上，我被告知。千绘发来短信，简单四个字：约会取消。

我拨过电话去，问得有些急切："到底发生了什么。你在哪儿呢？"

"没什么。只是，不知不觉走了很远，回去的话恐怕需要很长时间。"

"没关系，我一直等你。"

"算了。我们改日。"千绘挂掉电话，使我本就忐忑的心里更加七上八下。

夜晚，再次堕入死一般的寂静。我呆在原地，久久没能开车回去。这让我突然忆及之前不久在墨尔本的那个夜晚。在澳洲，我去了她所在的城市，然而她却消失在我的世界里，留给我的是一座空城。

现在亦是如此。

千绘，天蝎座，与生俱来的那般不确定性，让我因为她身上的某种神秘感而爱她，亦让我因为同样的扑朔迷离倏然消失而深感不安与恐惧。恋上她，本质上即是恋上了一种赌局与历险。

次日，从新闻中得知，那辆跟踪千绘的丰田车在三岔港村附近的道路上失控而撞断护栏，坠入江中，汽车残骸于今天上午十点被打捞上来，车内有青年男子三名，皆已死亡。事故原因正在调查之中。

于是，这个晚上。我们又通了话。

"昨天夜里怎么回事，究竟发生了什么。"我问千绘。

"没什么。"千绘不想说。

我补充说，我看了新闻。

"都是意外，我现在脑子很乱，需要静一静。"千绘的声音里饱含着十足的压力，她叹了口气，把电话挂掉。之后很短的时间里，她又发来短信说：暂时，不要跟我联系。

自此之后，千绘便真的从我的世界中，倏然消失。电话再也无法接通，后来我曾经几次到过她的住处，反复搜寻，也未能找到千绘的那辆白色宝马。相信千绘已经离开了这座城市。

美菱与千绘相继淡出我的世界，而卡珊却在接下来的日子顺理成章地走进我的生活，并差一点改变我对爱情对婚姻更甚至是对人生的决定。

虽然，卡珊住在这里的时候，我总不可避免地要躲避她，然而，当她离开这栋房子的时候，里面却处处充斥着她的气息。躺在床上，

面对着空洞的天花板，突然感觉到自己的人生变得空落。

　　这个晚上，是千绘消失的第三天。我从很早的时间就开车去往千绘的住处，于地下停车场里反复搜寻千绘的那辆白色宝马。

　　大四毕业季。

　　毕业，一切的一切结束之后，留给大家的，就是往家里运行李。这个时候，除了情侣，恐怕很少有人愿意守株待兔地等在女生宿舍楼下献殷勤，天下没有不散的筵席，丛林鸟亦到了各自飞的时候。不过，我等在女生宿舍楼下。

　　一个下午，吸了三包香烟。千绘，始终没有出现。

　　前一天，是我刚刚从医院里出来的那一天。美菱的父亲，找来一伙人，打伤我。美菱跟她的父亲闹得很凶，并当着她父亲的面，划破自己的手腕。

　　病房里，死一般寂静。每日面对惨白惨白的四围，我的世界里变得冰冷而恐怖，现实与记忆中的灰色，皆于此刻不遗余力地朝我压过来，令我无法呼吸。大学四年，与千绘已经成为一种习惯，而就在毕业的时候，她倏然而去，留给我的那不是普普通通的空洞。缺少了她的世界，我显然还并不习惯，尤其是在这样一个冰冷而寂寞的空间里。

　　我患上了一种莫名的病。我说不清那是一种心理疾病，还是一种精神疾病，临床大概表现为，当我意识到自己的世界里爱情缺失的时候，就会急剧地感觉到一种恐惧，而那种恐惧本身即是极其形象的令人恐惧的——空气稀薄，呼吸困难，四周色彩缺失，一切仿佛都是灰色的，压迫感与下坠感同时并行，境况令人不堪……

　　所以，短暂住了两天半，我便逃出医院。我知道，这是毕业的最后一天，最后的一个下午，是整理行囊离校的最后时刻。错过了，或许，就意味着终结。

我希望能够见到千绘，其实我并不期求什么，只是见她一面，至少能够将之前事实的来龙去脉与她说清。

然而，这天她并没有出现，而我那莫名的病，亦并没有疗愈。千绘不曾接我的电话，再到后来就换了号码。我们曾经一起的那个时代，彻底结束。她消失在我的世界，而我的病，亦加重了。

而现在，千绘又一次消失在我的世界里，电话亦无法接通。我的世界变得空落，而我的病，又再次严重地复发。这几天，我始终去往汤臣一品找寻千绘的车，找寻千绘的点滴踪迹。甚至，我并不敢过早地回家，去在辗转无眠中面对那无边无际的黑暗。

就在这一天，我强烈地想到了卡珊。我对爱情的界限，突然已分得不那么清晰。空气中持续出现着卡珊的气息，脑中突然闪现对她强烈的牵挂，离开这里，不知她现在怎样了。

次日，是我与卡珊这段故事的开始。

卡珊消失了，上午十点还没有来上班，电话无法接通，我应该意识到了一些什么。

中午，我便到了她之前位于交大附近的住处。一幢古旧的二层小楼，留下无数岁月的疼痛与苦楚，陈腐不堪，于湿冷的冬日里发出那般木头腐烂的味道，令人伤怀。

门紧锁着，卡珊与她的男友都并不在。留给我的，仍然是一种持续的空落。当然，也许卡珊自我那里离开之后，就不曾再次回到这个地方。

离开，下午的天色阴晦得浓重起来。无论卡珊，千绘，抑或是美菱，出现在我世界里的这三个女人，始终并不曾带给我什么固定的答案，他们彼此带着空洞的内核悬浮于此，短暂停留，旋即倏忽而逝，留给我的仅是一丝薄薄的尘埃。当然，还有记忆。

与美菱不同，卡珊的人生则显得萧条寥落。

十几岁,她仍随母亲蜗居在一个大约建于 20 世纪七八十年代的废弃仓库里,母亲不嫁人,也不出去工作。十几年前,她就靠着缝缝补补的活计,勉强度日,十几年之后,亦是如此。母亲的针线很在行,两千年之后的世界,虽然缝补作为一种陈旧的行业虽已在历史中日渐消逝,但是这个生于 60 年代后期的女人,仍有办法生存下去,她改刺苏绣,而且随着旅游业的发展,她能够接到不少的活儿。

然而,家徒四壁的境况下,生存并生活下来的卡珊,却对单身母亲充斥着彻骨的憎恨。母亲是个有学历甚或说有学识的人,大学里,她结识了卡珊的父亲,两人未婚先孕,就是这样有了卡珊。但是,自从父亲凭空地人间蒸发之后,母亲自外公外婆家里搬出,从此开始消极避世。在那间废弃的仓库里,一个人的生活,一个人抚养孩子,与他人丝毫无涉,甚至几乎没有与外人的交往。她就是那样,清苦地,一个人养活着卡珊。

即是如此,这样长大的卡珊,有着鲜明的两面性。她憎恨母亲的平庸,但她在内心深处亦无法抹杀那般对母亲与生俱来的相依与爱。自十六岁出走之后,她上了大学,数年不曾再回到那间破旧的仓库,亦是数年不曾见母亲一面,不过,自从手里有了固定的收入,不论多少,她皆留出部分汇给母亲。亦是因为这般两面性,卡珊的人生亦是始终地矛盾着,一方面她寡欲,她可以同男友租住在这般破旧的房屋里,不追潮流更不追奢侈品,维持着极低极低的日常开销,仍优雅地生活着;而另一方面,她的欲望又是一个令人难以琢磨的黑洞,她对成功对成功男人抱有的那般近乎神话的欣赏,又恰恰折射出她内心世界里的空落。

不知怎么,这个阴郁的下午,我在脑际里突然对卡珊整理了一番如此这般的认知。清晰,客观,但却富有主观情感,似是对卡珊的一种理解与怜惜。

突然，脑中不断持续闪现一些灰色的镜头。卡珊被缚，被折磨，被用烟头烫……我似是能够在脑海中听到卡珊凄厉的叫声。由是，我回忆到一个问题，上次在深夜的快餐店里，卡珊曾对我说过，她的男友可能正在吸毒。

由是，我又折回去，重回那栋交大旁边的古旧小楼。

找到房东，然后，我得到一个令我震惊的消息。

卡珊的房东，是一个六十岁上下的老太太，精明算计，典型上海坊间的小妇人。

首先，她问我是租客的什么人。我只能如此说，我是女孩公司的同事，确切地说是她的部门领导。

牙尖嘴利的老妇人似是并不关心这个，她只是说，他们还欠我三个月的房租。

我回答说："难道他们不回来了，东西不会也在您眼皮底下搬走了吧？"

"被抓走了，能不能回来，就不好说了。"话被她说得市侩至极，且不加掩饰，"唉，倒霉啊，房租是收不回来了，他们屋子里面也没有什么值钱的东西。"

我说。别动房间里面的东西，房租我来付。不过，您告诉我，他们是什么时间被抓走的，因为什么原因。

我在就近的银行里取了一沓钱，交给老太太之后，得到了下面的消息。

卡珊的男友，在四天前因为吸食毒品被捕，而卡珊，昨天晚上到这里来收拾东西，也被带走。

立刻，我找到律师，来关注卡珊的案子。

因为租房合同上面，写的是卡珊的名字。所以，卡珊被怀疑为吸毒人员提供场所，甚至故意窝藏庇护吸毒人员，情势危急。

不过，最终好在律师从中的斡旋，卡珊也一再申明说，对男友的吸毒事件并不知情，而事实上，确实她也并未目睹男友的吸毒过程，仅是感觉他在吸毒，亦并未证实，谈不上知情不报，更谈不上窝藏庇护。就这样，晚上10点，卡珊被放了出来。

有惊无险，我酬谢了律师。但是，当我见到卡珊的时候，心酸心痛的感觉，却难能自已。卡珊穿了一身脏旧的衣服，头发凌乱，目光呆滞。而且，她见到我，木然的表情并没有丝毫的舒展。

我很难想象，从昨天晚上到现在这大概24小时的时间里，在她的身上，究竟发生了什么。

上车，卡珊才开口说话。她似是用一种凄惨的语气对我说："能带我回家吗？"

起先，我并不清楚她所指的这个"家"，到底是哪个家。我试探地问道："是要先去交大那所房子，收拾东西么？"

不料，卡珊的反应却是极大的，"不，不，我再也不想回那里！"

"那，先去我那儿吧。"我连忙说。

卡珊冷冷地说道："我已经租下房子。莘庄。"

莘庄。来上海这么多年，这个地点我还只是之前在地铁运行线路图上看到过。我说："那么远，还是先去我那儿吧。"

我不知道这样说合不合适，但我是真心希望能够带卡珊回去，照顾她。卡珊没有作答。我的声音就如此干枯在空气里，车里静默得令人窒息。

我补充道："闵行，那么远，住得也不方便，明天我帮你把房子退掉，如果你要租房，我再帮你找近一点的地方。"

卡珊不答，亦无更多的面部表情。不抗拒，亦不曾感激。

一路上，一直如此。

回家。洗澡，然后我们就近找了家安静的西餐厅。

卡珊喝掉很多酒，心情有些舒畅。她自嘲："或许我就应该一直住在你这里。"

"应该，为什么不应该。"

因为你并不属于我。当然，你的一切也都不属于我。卡珊笑得惨淡。

我笑，笑得无措。不知该如何应答，我只是问她到底发生了什么。

卡珊带了些许的醉意，冲我耸了下肩，"找房子，搬东西，然后就被警察抓了。"

"你怎么会被抓呢？"

卡珊惨笑，"我没钱付房租，被他妈那房东老太太举报了。"

什么，那老太太，真他妈……可是，举报你什么？

"房子是我租的，当然是举报我收留窝藏吸毒人员了。其实，我就不应该回去收拾东西。"

"有什么重要的东西？"

一个很普通的问题，卡珊却避而不答。她喝完杯中的残酒，沉默片刻，突然说到尖锐的问题："你可以让我住在这里，一直？"

"当然可以，我不假思索地回答。"

酒已尽，夜已深。整个西餐厅只剩我们两人，浅淡的音乐依然在不停地放着，给人一种凄凉落寞的感觉。而我与卡珊，好像我们各自的世界，都在短短的时间里，变化得不再是从前。

静默地坐着，我们的思想在各自无边地飞，虽然我们彼此凝望。我的世界里，突然地变得空落，我的爱情再次倏忽而逝，就如同《国境以南太阳以西》的女主人公。

而卡珊，她的男友，却在现实的折磨下，崩溃堕落，他没有做到如他所说的飞蛾扑火，却把自己遗失了。当然，被遗失的，还有卡珊。

　　彼此的境遇凄凉，或是相吸的首要原因。卡珊或曾深爱那个读书的男人，但现实并不容许她如此，与其说是她的放弃，倒不如说，是她被遗弃。

　　四围的环境有些凄冷，上海冬日特有的潮湿阴冷，渗透进我们的身体里，或许我们需要在此时彼此相互取暖。

　　突然，卡珊再次问到那个尖锐的问题。

　　"可是，我究竟算你的什么呢？"等待答案的时候，卡珊一直直视着我的眼睛。

　　"为什么一定要问这个问题呢？"我有些无力地反问道。而事实上，这个问题，我真的无力去回答。

　　而卡珊则保持刚才的目光不变，不出声，也没有任何表情。

　　我只好解释一句："其实，那只是一个称呼的问题，很简单……"

　　"并非称呼这么简单。那是一个女人必要的安全感和幸福感。"卡珊似笑非笑，端着酒杯盯着我的眼睛看。她的酒杯已经空了。

　　她突然提到幸福感和安全感，这样两个概念，让我顿时陷入对女性心理的深思。确实，这两个概念于女人而言并不过分，且很现实很直接。而在冰冷的现实生活中，或者物质贫乏的男人确无能给她们带来这些。这并不是男人和女人的悲哀，而是现实的悲哀。突然感觉，女人对物质狂热，亦并非如自己从前所想的那般可恶。继而，对卡珊的一切产生释怀。

　　我突然说："搬过来，就在这里一起住吧。明天，我帮你把房子退掉。"

　　"爱情，其实也是一种遥不可及的奢望。"她如是说，面容悲戚。

　　我心疼地看着她画面定格。

　　突然，卡珊从对面过来，坐到我身边。亦是突然，我抱紧她，她立刻便流下晶莹的眼泪。

　　爱情确是一件突兀的事情，有时它的发生就如同夏日的骤雨，令人猝不及防。即使，它本身只是一种假象。

　　爱情与婚姻，是截然不同的两个范畴，本不应有必然联系。真爱是两个人精神上的契合，但是拥有真爱的双方并不一定会在现实生活中选择对方。婚姻是现实生活的衍生物，必须基于现实生活之上，是两个人生活需索的契合。

卡珊与我生活在一起，让我感觉到年轻，这种感觉让我原本平庸的生活里充满着激动和不安。

由是便很容易想象，为什么有诸多人士向来不愿批判忘年恋。他们或是老去的成功男人，或是卑微的年轻女人，无论如何，他们也都是忘年恋的既得利益者，至少这场各取所需的利益交换，在他们看来是双赢的。

但是，我跟卡珊始终并未发生什么。原本，我希望把主卧让给她来住，但是她生硬地拒绝了。她说，那张床上，充斥着其他女人的味道，这让她感觉到不适。所以，她宁愿去住书房。

很多书，她在里面能够感觉到一种静谧与安适。

我任由她。

我们之间，就像是合租的房客，时而亲近，时而疏远，彼此又有着鲜明的界限。而之前澳洲的事情，以及那番事情所产生的余波，卡珊只字不提。我们就是这样，平淡地生活在一起，平淡之中却蕴含着无尽的情感，似是爱情，但更多的仿佛是一种莫名的亲情，类似一种无以言表的血肉关系。

偶尔，卡珊主动烧菜给我，亦是偶尔，我们在一起喝酒，喝醉，然后共享各自悲戚的往事。

卡珊说，比起做爱和接吻，或许一个拥抱的含义会更多。

从警局里出来的那一天，我紧紧地抱紧了她，她说，她感到温暖，亦感受到真正意义上的爱。

卡珊上小学的那一年，母亲决定与她分床而睡，原因很简单，晚上，母亲需要一点独处。她看书，吸烟，酗酒，然后自慰，或以这种方式来疗愈自己的分裂。如果生活不是那么窘迫，或者她还会吸毒。

现实，之于这个年轻的懵懂的母亲，太过沉重。

仓库很大，房间很多，当时的某个妇联女干部对卡珊母亲的境遇表示同情，于是千方百计地争取到这么一个处所安置她，否则，她极有可能抱着襁褓中的孩子，露宿街头。

卡珊的母亲整理出两个里外相连的房间，卡珊住在里面。入夜，关上门，里间黑漆漆的，无法见得一丝光亮。没有拥抱，卡珊只能在无边的黑暗中抱紧自己，有泪但没有哭声，就是这样，她在无声中，渐渐习惯那无止尽的孤独和恐惧。当然，分床的伊始，卡珊是哭号过的，于是母亲便用烟头烫她，怕疤痕给外人看见，就只是烫她的大腿内侧。

那段时光，卡珊只是幻想，能有一个洋娃娃，来陪伴自己，共同对抗黑漆中那鬼哭似的呼呼风声，以及令人压抑恐惧的无尽黑暗。

1997 年的一天，母亲的嘴角露出些许惨淡的微笑，被敏锐的卡珊捕捉到。于是，她向妈妈提出，要买一个洋娃娃。母亲露出冰冷而沉重的笑靥，没有多话。破旧的彩色电视机里，一个男人正在用英语作发言，卡珊听不懂那是什么，也不知道那个画面究竟是什么。只是，她从发言人的语气中，察觉到了自己的悲戚与落寞。

卡珊讪讪地走进里屋，在纸上画下一个洋娃娃。

那个日子是，1997 年的 7 月 1 日，香港回归。电视上那个用英语发言的人，是香港最后一任总督彭定康。

母亲烂醉，卡珊于深夜蹑手蹑脚偷取了妈妈藏在书里的钱，那个书名她始终记忆清晰，叫作《南回归线》。

只是，次日母亲便意识到了什么。当卡珊在傍晚将洋娃娃带回家的时候，母亲正用一种包含幽怨的眼神，等待着她。

卡珊脱去衣服，跪在地上，等待母亲的责罚。

然而，清醒时候的母亲，并没有打她，更不曾再拿烟头去烫她。然而，另外一件更加恐怖的事情，发生了。

那夜，卡珊的这个故事讲到这个地方，她突然停了下来。她对我说，她不敢再讲，而随后，她的呼吸骤然变得急促，情绪变得糟糕。她说，她要喝酒，必须要喝酒才能够得以缓释。

于是，我倒酒给她。伏特加，却被她喝得犹如果汁。

不过，酒精确实缓释了她的那种反常。平静下来之后，她问我，能不能再抱抱她，只是一个拥抱，抱紧。

思索片刻，我答应了她。她乖巧地靠在我的身上，继而我将她抱紧。

但是，故事她没有接续地讲下去。她向我坦白了一个惊人的事实。

她说："在澳洲的那个夜晚，我们并没有发生什么，你醒来看到的情景，是我故意制造的，我想留住你。"

"什么？"

"我脱掉自己的衣服，躺在你身边，内衣裤连同丝袜，被我故意散落在地板上。那夜，你替我喝了太多的酒。"

听到这里，突然我本能地推开卡珊。虽然卡珊的坦诚，会在某种程度上让我感动，但是，我感觉我的世界突然乱了，我无法评价卡珊，无法评价自己，甚至亦无从评价或这些或那些被自己坚守多年的所谓信念。

即是如此，我与卡珊终于住在了一起，但是我们却始终并未发生什么，如同一对规规矩矩的室友。而从中，我却能够体会到一种莫可名状的家的温馨，连同那般不知所云的朦胧爱意。

只是，这种形势，我不确定能够维持多久。

或许，我始终与卡珊保持一种相对纯净的或许亦是非常态的关系，终究还是因我对爱情保有坚定而疯狂的信念，对千绘，始终有一点幻想，或许亦是一种希望。

不过，这一次，千绘并未消失多久，很快我们便再复相见，而且场合，令我们无语至极。

美菱在某一天做出了一个惊人之举。她高调结婚，嫁的人便是苦追她十几年的宋大卫。元旦前的第三天，她与宋大卫两人无期而至，造访我的公司，送上请柬。

美菱穿了一件紫色的风衣，似春光焕发。

且大卫半真半假地说："在上海就你这么一位朋友，一定要去。"

这一次，仿似我对宋大卫也再无什么仇恨，而美菱如能得到她自己的幸福，我亦是会感到心安的。我一定会去。

自千里之外赶来这里的同学很多，据称大卫安排大巴专程接送，且在这里为大家订好酒店。这场婚礼在香格里拉举行，相传耗资数百万。

然而，典礼上美菱却哭了起来，并拒绝补妆。大卫在发表结婚感言的时候，打着官腔讲了半个小时，气氛在沉闷中变得混乱。

位于陆家嘴的这家五星酒店堪称奢华，而每一个超出想象的成分都会让人瞠目，人们都只是基于这般物质层面来感叹这对新人的幸福，但却无人意识到婚礼结束他们所要面临的悲哀。大卫自不能来上海常居，而美菱明确表示憎恨二线城市的平庸生活，亦不愿离开。大卫碍于工作，无从蜜月。婚礼结束不久，大卫离去，再度留下美菱独守空房。

婚礼当天，与数位老友相见，失控贪杯，两次三番去厕所呕吐，

并最终在搀扶下离去。被美菱看在眼里，或已传达了某种错误信息。她与大卫尚在大厅送客，见到此状，竟不顾一切地跑出酒店，暧昧地表示关切。

我确实错了。我不曾想到美菱会短时间内嫁人，也不会想到美菱会最终陷入这样的婚姻。

在街边，我们有了简单的对话。我始终都刻意地与她保持着明确的距离感。

"你跟大卫回去吧。"

"不。我不会离开，再回到那个保守而且乏味的城市。"

"可是，你既已结婚，就必须尊重自己的选择。"

"不。不会。那是一座没有生活感的城市，我在那里找不到存在的意义。"

"可大卫不可能到这里来。"

"我想过。就这样，我们都有各自的生活，也很好。"

我点点头，说道："照顾好自己。"然后离去。美菱不能够幸福，我始终还是难以心安，我不清楚当如何界定这种情结。

走出很远，然后回头，看到美菱仍在凝望着我的背影。

酒后，突然想说，生活或即如此，当我们渐行渐远，突然驻足凝望的时候，总不免突兀地发现，过往一些在我们看来很重要的东西，其实皆如尘土，而并非一定有什么意义。

其实，这天，卡珊一直在陪伴着我，我在明处，她在暗处。整个婚礼，她都应我的要求，不曾以任何状态出现在我身边。

之前，美菱与大卫送请柬到公司，卡珊深恶他们的丑恶嘴脸，即向我提出要随我一起参加婚礼。

我可以隐约明白她的用意，但是，我并不希望如此。

她反问我，前妻再婚，跟新郎拿着请柬找上门来，这不是赤裸裸的挑衅吗？

我笑答，其实无所谓，无论这是不是一种挑衅，当你真的不爱一个人，这是什么都没有关系。而相反，她如果能够真正找到一个理想的归宿，那也是一件可以为她感到高兴的事。

不过，这天。卡珊到底还是出现了。她这样解释说："老友相逢，同学相会，大家都在装，过得好的高调炫富，过得不好的那也得拼命地置办行头道具伪装自己，你又何苦把自己弄得可怜，惹人讥笑呢？"

可怜？讥笑？我不这么认为。

第九章 Chapter Nine

"你的前妻，上次我们在金陵中路见过，她就是那辆奔驰SLK的主人。曾经，你们也许是令人羡慕的一对，但是现在你们分了，她又嫁了别人，而你来参加她的婚礼，若是单着，那不是很惨淡么？"

"怎么，你这么认为？卡珊的提示,确实引发了我的一点思索,不过，这种思索又旋即消失。若是因此我便惹人耻笑，那么当年大四毕业，与我一直相伴的千绘突兀地离开，并嫁给那个体育系的地痞，那我岂不是要被人笑到卧轨自杀。"

其实，很多时候，于卑微的普通人而言，这些皆无从顾及。当年，住在医院里面的我，境况不知道要比现在凄惨多少，生活还不是一样要继续。最后，我还是挣扎着来到另外一座城市，一切从头开始。

卡珊似是读懂了我的心绪。她故作深沉地说道："世俗人的目光，就是这样，世俗人的标准，也是如此，生活在现实之中，这是我们都无法逃避的。"

确实如此，卡珊说得对，现实是如此的，至少多数人的现实

如此。身边有一个比自己小十几岁的漂亮女人相伴，那是一件无比光鲜的事情，于我们这个年龄的人而言，这个要远比豪车豪宅更令人叹羡。但是，显然，我并不需要这般虚伪的装点。

无论现实如何，我有我的原则。

即如同当下，但凡多少有些钱的男人，都无一例外地朝三暮四勾三搭四，于情场上春风得意，并引为一种享受抑或投资而冠冕堂皇。我却已然怀揣着对千绘那番多年不变的情感，固然自我，或这在多数人的眼里在世俗的标准下，是可笑的，荒谬的，但在我这里，这，即便不那么高尚，也至少是一种足令人珍惜的情结。

于是，我对卡珊下了通牒："不要跟着我。大厅里有咖啡座，在那里等着我。"

不过，卡珊的预见是真真实实的。老同学们都不约而同地对我报以或同情或怜悯的姿态，以安慰或以借酒消愁的形式，促使我喝下了不少的酒。

卡珊始终没有出现。但是，千绘却在一个特殊的时刻，现身了。

婚礼结束。

江边，我想沉静地坐一下，不是失落，亦不是思索。即是仅仅地希望沉静一下。

千绘，在这时突然出现在我面前，长椅上，她紧靠着我坐下。

"你……怎么来了？"我诧异地问。

"我来参加美菱的婚礼。"千绘淡然地说道。

"你……来参加她的婚礼？"

"怎么，老同学，老室友，不应该来吗？"千绘轻描淡写地应道，嘴角露出一抹恬静的微笑。

"这些时间，去哪里了，我去你家找过你好多次，一直没有看到你的车。哦，对了，上次那个事情，最后怎么样，你没有受到什么牵扯吧？"

其实，这段时间，我始终没有放下对千绘的担忧，虽然她不能够算作不辞而别，但毕竟消失得突兀，加之那夜发生的事情，无法令人不替她揪心。当然，或许是我更希望见到她，并当面问问她，大四毕业，为什么她明知跟美菱发生事情的不是我，却仍然要离开我。

千绘感觉得到我的牵念，故而神情欣然。

但是，无论疑惑，还是质问，却皆没有下文。卡珊于这个时刻突兀地出现，仿佛是以一个固定程式的样子出现。

她从远处飘然而来，纤美的腰肢似是轻舞。我发觉千绘的脸上露出了明确的不悦。

"怎么样，你没事儿吧，刚听说你喝多了，我到处找你找不到。"卡珊的这句话在她浓重的表情的修饰下，变得暧昧至极。而紧接着，她坐在了我的另一边，并讪讪地跟千绘打着招呼："哎，您好，我们之前见过，衡山路的酒吧里，您还记得吗，您……这也是老同学，来参加婚礼啊？"

卡珊的话，似是浑然天成，她没有明确说什么，却巧妙地构建了一个我跟她的暧昧关系，这令千绘尴尬，亦仿似令我跟千绘的关系变得尴尬。

千绘突然站起身来，不失礼节地对卡珊道了句"你好"，然后道别，离开。

关于那个晚上去往荒墟路上发生的事，关于次日丰田车坠江的新闻，关于这一连串事件的后续，千绘皆并未解释什么，她只是清淡地说，她在上海的生意告一段落，要回去了。

这个结果令我着实仓皇。我不确定，如果不是卡珊的参与，

第九章 Chapter Nine

真相会不会不是如此。

午后，天色清朗。但我的天空却于此刻骤然阴郁起来，第一次，我对卡珊板了脸。

卡珊则忽闪着她乌黑的眼睛故作无辜状。"我……我说错了什么。"

我有些怒不可遏，却又一时不知道话当从哪儿说起。

"刚才那个，那不是你同学？记得上次，酒吧里面……"卡珊的表情故作青涩，让人无法对其动怒。

"那个，那……"我语塞了。事实上，跟千绘的关系，这些年我都无从定义，即便是之于现在的境况，我也很难轻易地把它归属为某一个范畴。于是，我便只好说到另一个方面："那你，为什么要在她的面前，故意把咱俩的关系，搞得……让她误会？"

"咱俩的关系。"说到这里，卡珊突然变了脸，"咱们俩的关系，让她误会什么，咱们俩应该是什么关系，我在你眼里、心里究竟算什么？"

还是这个令我不堪的问题，而且这次卡珊又加上了"心里"。情爱这条路上，一路走来，我好像谁都对不起，上次美菱也问过这句话。不过，现在面对卡珊，或者我多少有了一点底气。我说："我们之间究竟算是什么呢？毕竟，之前你也已经说了，在澳洲，我们什么都没有发生过。"

此言，瞬时令卡珊哑口。顷刻，她便委屈地落了泪。"在澳洲，我之所以费尽心机制造那样的一幕，还不是因为我想留住你，我知道你是一个责任感和道德感很强很强的好男人，我爱你，虽然爱得自私也自我，但我只是不想失去这个机会。"

"那你后来，为什么又说出了实情。"

听到这里，卡珊愈发痛苦起来。"我们在一起的这些日子，至少我可以感觉到，我们的关系在发生着变化，我们有了感情，我……我觉得已经没有必要再用那个来挟制你……"

听了卡珊的这番真情流露，我不确定自己是不是应该感动。对着面前浑浊不堪却滔滔不绝的黄埔江水，我突然感觉到了累。爱情，有时候真的很累。如果这段时间不是因为对千绘持续的牵念，与卡珊那般突兀发生的零星爱情，或许，已经萌芽，并迅速发展了。

然而现在与我，一切皆是浑浊的，即如同这滔滔江水。最终，我不得不把卡珊留在江边，而执拗地继续追逐千绘，或者，我追逐的已经不再是爱情，而是一个无谓至极的答案。

答案，显然是令我失望的。

上海虹桥机场，我见到了千绘。

本来，千绘是不接电话的，更确切地说，是拒接电话的。我似是突感一种陌生的深沉的离痛，并随即产生预感，或千绘此次离开，我们将不会再见。如果不能够在机场找到她，或之前美菱婚礼上的相遇，即是我们的最后一面。

一切都好像是那么突然。

于是，我同样突兀地发了短信给千绘。你真的要回去，究竟是因为什么一定要回去，此番回去之后，有没有可能再回来？

这条短信，没有得到千绘的回复。我确信，这么短的时间内，她并不应该登机。于是便有了第二条短信。我似是无可控制地倾泻了一种情感。我说：是不是，你这一走，就预示着我们这十年之后的这次再度重逢，宣告终结。

不知怎么，这个场面突然莫名地刺痛了我。甚至，我有一点怀念我们在荒墟的时光。

千绘终于把电话拨回来，但电话那边她却在沉默。

我说："千绘，你……你一定要走……"

话被我说得有些迫切，甚至失态。

千绘始终沉默，而我也突然变得语塞。

机场大厅的广播里突然传来航班信息，电话那边，我听到了同样的声音，我有了灵感。透过电话里面和电话外面声音的比对，我很快就找到了千绘。

相见，我们面面相觑。她正举着手机，面色凝重，那一刻，我似是可以体会到她真情的流露。电话还没有挂掉，她的右手还保持着举在空中的样子。

我缓缓地帮她把右手放下来。她突然警觉，然后迅速抽身。

我没有更多的话，只是问："能不离开吗？"

她平静地笑笑，"我，该回去了，有些事情要处理。"

"什么事情？"我不由地问了这么一句，唐突至极。

生意上的事情。她旋即这样作答，并无不适。

我再复问道："是不是上次那一系列的事……"

千绘连忙打断我："跟那些无关。我是真的需要回去了，公司里面还有很多事情。"千绘笑笑，笑的有些尴尬。

不过，我还是有些迫不及待，我又问到了那个核心的问题。"那我们……我们以后……"

千绘不置可否，仿似她并不明白这是一个怎样的问题。她耸耸肩，表情作轻松状。

我还欲再问。不过，这时出现了一个膀大腰圆的老男人，他突兀地拦在我跟千绘之间，我认得出来，他就是那日衡山路酒吧里，跟千绘在一起的那位。

始终，我都不愿意承认这两个人之间的关系，但是现在我却不得不去面对。这个老男人在恶狠狠地瞪了我片刻之后，一言不发，转身搂住千绘的腰，意欲离开。

如我的莫名所感，此次离别，大概与千绘不会再相见。所以，我突然跳上前去，一把拉住千绘的手，场面变得失控。

老男人回过身来推开我，而我似乎已经举起拳头准备战斗。

这个瞬间，又仿似让我回归到十年之前那个血气方刚的时代。不过，千绘很快站在我面前，冷冷地道："这是机场。"

随即，她用眼神向我示意，周围的安保人员都在往这边投来目光。

我平静了一些，我说："那……再联系吧。"

千绘摇摇头。"不要再试图联系我。"而紧接着在她一个冰冷而华丽的转身之后，她又扭头回来对我说，"其实我们之间，本来也没有什么。"

然后，我看到了她与那个老男人靠在一起，姗姗远去的背影。

这，也许就是现实。千绘在上海的，这一场游戏，华丽地结束了。如梦。

回到家中，而卡珊不知所踪。已是午夜，其电话始终无法接通，情况让我不安，任何揣测都让我不堪承受。

下午将卡珊留在江边的时候，我已明确告诉她，我必须要见到千绘，无论她在我生命里面扮演了什么角色，至少她是我多年来的一种夙愿，一个情结。而且，她走，想必是遭遇了什么。

卡珊脸色阴郁，不置可否。

我略退一步，仔细与其解释。我说："我跟她，毕竟曾经有过一段难能磨灭的日子，如果她遇到什么事情，无论如何，我也不应该闪避。"

卡珊冷笑。

气氛一如既往的尴尬，如同接吻时遭遇干裂的口唇。

这夜，卡珊回来已是深夜三点，我甚至隐约听到有车的马达声惊破黑夜的万籁俱静。卡珊窸窸窣窣地掏出钥匙开门，而我斜在沙发上，半睡半醒。茶几上的高脚杯中尚残存着些褐色液体，壁灯微闪，室内昏暗。

门打开，卡珊倏忽而现，头发散乱。我颇有不安地从沙发上坐起，一个荒诞的梦境仍滞留在我的脑中，如同无从驱逐的寄生虫。我只记得有很多男人出现，有大卫，还有卡珊的男友，里面充斥了各色虚伪的流言，混乱极了。

卡珊打开顶灯，昏暗的气氛瞬间变得灯火通明。卡珊见我坐在沙发上，下意识地理了下头发。她从容地换好鞋，然后走进来，把包丢在茶几上，坐到我身边。

我看到，那是一只 LV 的新款，之前我并未见到。

我并未想好如何发问，但她已然备好答案："闷了，出去走走，看了电影，然后到江边上走走。"

"风很大。"我无力地说。

"是的。然后我一个人走回来。"

"看了什么电影。我问？"

就只是想走走。心里很乱，无法梳理，很长时间了。卡珊惨淡地叹了口气，并无意回答我的问题。

心里怎么乱，可以说出来听听。我细致打量了一下卡珊，她的表情中透出些许从未有过的迷乱。

卡珊突然端起茶几上的半杯残酒，略显凄然和无奈地说道："不知道该怎么说，只是感觉自己很悲哀。其实，一直以来，在我整个成长的过程中，我都不想读书，不希望让自己了解太多，明白太多，然后思索太多，但到头来始终还是无法摆脱，无法让自己生活得简单。"

"怎么想到要说这些，你说的……你具体指什么。"这个房间，不知为何，即便在通明的灯火下依然显得凄冷。

"感情，抑或婚姻。"卡珊的语气，冷漠而严肃。

什么，你……究竟想要说什么？

之后，她又问到了那个问题："我在你心里究竟算什么？"话被她说得有些凄烈，"我不知道，我们，最终会有一个怎样的结局。"

"我们？我们……"我轻轻地叹了口气，第一次感觉到语言的沉重且无力。

然后，我们被动地陷入沉默。石英钟滴滴答答响在寂静里，如同冰冷的刀锋。我似乎可以清楚地看到，卡珊在思维的泥淖中痛苦挣扎的样子。

我取出另外一只酒杯，重新将酒倒入。卡珊将酒杯夺过去，仰头饮尽。

"我想要搬出去。"她突然这样说。

"为什么？"我问。

卡珊低头不语。

"新买的包？"突然，我看到了她的那只LV的包。于是我问。

卡珊避而不答，她喃喃地说："只是感觉自己在这里消耗太多，有些不堪承受。"

"消耗什么？"

"消耗感情，当然。我总感觉，你并不曾在乎我。一点也不。"

"我们之间……我们……你那天不是也说，我们在澳洲根本就没有发生什么吗。"

"我有些无助，我只能这么说。"其实，虽然这段时间我们始终住在一起，且如同我们彼此都感觉到的那般，或许有家的味道，有朦胧的爱的味道，但是，我始终还是难能确定我们之间的关系。所以，我只能那么说。

"真可悲。"卡珊低头，把脸深深地埋在她披散的秀发里。

"可悲？"我问。

"难道不可悲吗，如果我不告诉你真相，如果我始终跟你说，我们当初在澳洲确实发生了些什么，那我们现在的关系，或许就不一样了吧。"卡珊突然扬起脸来，忿忿地瞪着我。

其实我也在考虑这个问题。或许在现实中，束缚人的始终还是那把世俗的枷锁。我无法回答卡珊，我只是说，我们现在之间的情感，并不是那么简单。

"情感？我们之间有情感吗？我感觉不到，任何的一点我都感觉不到。我们似形同陌路。"这话被卡珊说的，极寒极痛。

我突然从内心深处表示认同。她所描述的那般形同陌路，我或多或少地也曾感到。我们之间的距离就仿似一个微妙的概念，其自身相悖，肯定与否定皆于概括过程中同步发生，故亦无从判断其存在与消亡。

我叹了口气。我无助地说道："我们没有形同陌路，至少，现在我们还住在一起。"

卡珊听了，似是得到一点短暂的安慰。她滴下泪水，喃喃说道："我感觉我今天没有做错。"

"你没有。"我轻抚卡珊，然后说，"去睡吧。"

卡珊摇头，固执地坐在沙发上。她突然讲到了她之前未曾讲完的故事。

1997，香港回归。

卡珊偷取了母亲藏在一本叫作《南回归线》的书里的钱，买了一个洋娃娃回家。

当然，她并不是贪玩，她只是需要陪伴，需要有人与她在一起，共同对抗那无尽的黑暗。当母亲看到这一切，她仅仅是露出一种包含幽怨的眼神。

卡珊有些惧怕这种眼神。但是，她已经做好准备。她脱去衣服，跪在地上，等待母亲的责罚。

然而，清醒时候的母亲，并没有打她，更不曾再拿烟头去烫她。但是，另外一件更加恐怖的事情，发生了。

母亲突然夺过卡珊手中的洋娃娃，拎着脚，拼命地向地面上摔打。

娃娃很坚强，一阵猛烈地摔打之后，至少依旧是完整的。母亲把它丢还给跪在地上的卡珊，一人离开，暗自抽泣。而卡珊则是心疼地抱起丢在地上的娃娃，如同在抱着自己的孩子。失而复得，这本是应该欣慰的事，然而，当卡珊将娃娃抱在怀中的时候，却发现娃娃的脸已经严重损毁，不辨眉目。

一个娃娃，没有了脸。但是卡珊依旧不离弃地将她抱在怀里，并一直保存着，直到现在。

卡珊说："这就是，我上次希望在交大那栋房子里面，拿回的唯一的东西。那是我残损的爱。"

我突然理解，爱或者本就是一种悖论，而卡珊恰恰乐意把这个悖论演绎到极致。在她的内心世界里本应黑白鲜明非此即彼，但现实却让她不得不忍受矛盾交错两极缠绕的痛苦。我确信，在整个爱的过程中，她存在有对精神实质的追求，但其经历中一些难能抹去的惨烈现实却不得不迫使她产生对完美欲求的释放，她在婚恋中有强烈的物质需求，且又总是不顾一切地逃避它。因为，

她清楚纯净的爱情中不应掺杂物质因素，这样会让她鄙贱。故而她痛苦。

她总在说，她一直在矛盾，且矛盾即将把她扯裂。

瞬间，我亦变得矛盾起来，无论是出于什么，我都并不希望卡珊离开，但是，如是这般，我也不希望跟她在一起。

我淡淡地说："去睡吧。"

"还不想睡。"卡珊继续从背后抱住我，她把脸紧贴在我的脖颈上，我可以隐约感到她无助的泪痕。

"好了！"我推开她。这个晚上着实况重。

起身离开，我突然看到她的脸上掠过了一丝冷静的绝望。有时很怕，她在某一天也会离开，然后消失。

爱情，或即是这般微妙，若即若离。

第十章
Chapter Ten

若一定要说，人无能摆脱现实，无论怎样生活。那么我可以确定，所谓的婚姻与爱情也不过是现实生活丛林法则的某个方面。

　　我经历了第一个真正意义上的职业危机。之前北美一个项目出现了严重的问题，或许会给公司带来上千万的损失。集团总裁直接来到公司问责，情势在焦灼状态下显得逼迫。

　　是卡珊犯下的错误，我尝试保护，但局面已经不是我可以控制的。

　　记得总裁最后一次问我："你确定吗，冷？（Are you sure, Leng？）"

　　我说，我确定。有时，用英语对话，仿佛让事实简单了很多。

　　我隐瞒了卡珊的错误，一切责任，皆由我自己承担。外贸部，恐怕要更换掌门人了。而我最终将何去何从，尚不明确。

　　在我收拾东西要离开的时候，竟与卡珊莫名地产生了一种离别的愁绪，一切都是那么突然。

　　卡珊默默地帮我收拾着东西，有条不紊，俨然是要尽职地做好最后一次秘书。她愈是这样，便愈发地加剧着我们之间那番莫名的离痛。

　　我安慰她说："我离开之前，会安排好你的，我已经提议让你做外贸部北美大区的业务主管，正等待批复。"

　　卡珊凄然冷笑，并未再说什么。这些在她眼里突然显得并不重要。

　　一切皆似匆匆。下午，我便搬离了办公室。

　　我被暂时安排到一个无足轻重的部门，办公室变了。新的办公室比原来的要小得多。但这里，却令我感觉到可怖的空旷，失去了卡珊的存在，突兀地让我的世界变得空落，人总是在缺失什么的时候，方才可以反观到它的弥足珍贵。

我有了一个新秘书，地地道道的南方人，长得有些古典，有些娇小。蛮讨人喜欢的个性，但我却不喜欢。

而卡珊，则被我孤零零地留在了外贸部，成了最应该郁闷的人，也成了我最对不起的人。而关于提拔卡珊作外贸部北美大区业务主管的报告被严正地驳回，而总裁也为此事严肃地再次找我谈话，就在正式宣布我离任的当天。

他很生气地说："你已经离开了外贸部。"

我解释说："卡珊德拉（Cassandra），真的很优秀。"

他冷笑道："不要把感情带到工作中来。"

他的话语，仍旧简单，听得我有些战战兢兢，我也不敢确定我是否能全面地捕捉到他要表达的意思。只是可以确定，他大概已经知道了一些什么。

于这一天临近下班的时间，卡珊仓皇地闯到我的新办公室。

这是本月的最后一天，天色有些阴沉，但是没有雨。灰蒙蒙的雾霭，让我感觉到一种分明欲哭无泪的感觉。

见面，似是久别，我们竟有些面面相觑。

最终，还是我先开了口："卡珊，你……那边没什么事吧，新总监过去之后，对你怎么样？我知道，提拔你的报告被驳回了，你容我再想想其他办法。"

我的话，在这种情势下，被我说的有点语无伦次。而卡珊只是默默地立在一边，面色凄然。

似为了缓和这种气氛，我兀自说道："据说调任的新总监是之前行政部的主管，叫 Stella，公司有传言说，她是模特出身，当年红极一时，来到咱们公司之后，一直是颇得总裁的好感……"

卡珊摇头，冷冷地说："原来，你离开，都是因为我。"

我微微一愣，"是啊，但是，没有关系。"

"为什么要这样？"

因为……我突然词穷，不知该如何回答。我不想把话说得冠冕堂皇。

"我算是你的什么？"卡珊突然郑重地扬起头来，"你不必这样……我……我……一会儿下班，我去你家收拾东西，搬走……"

"我……你……你为什么这样想……"我有些焦急地说道。

卡珊反驳："我算是你的什么呢，我们没有任何关系，你没有道理来保护我，没有道理来照顾我，更没有道理，施舍……"

"我不是施舍……"

卡珊突然露出一个鄙夷的表情，"那是因为什么呢，我们之间还有什么关系呢，我已经说了，在澳洲，我们之间没有发生任何的事情。你丝毫不欠我什么。"

瞬间，我被卡珊的话所震慑，一时竟不知作何言语。她说的这些话，原本恰是我一直在说的，一直都是我在拼命地要与她撇清关系。但于此时此刻，我突然感觉，自己潜意识里面是并不希望跟她分得泾渭分明的。且令我不得不承认的是，我与卡珊，已经有一种情感在莫名地发生着，发展着，已变得坚硬。

卡珊短暂停顿了片刻，她在细致地观察着我。最后，她又凄凄地说道："我们之间，真的，并没有任何关系。"

她转身要走，我拦住她。我说："我们之间，可能确实没有具体性的关系，但这么长时间的相处，已经……我们之间已经有了一种……或许是一种情感，我说不清，我现在脑子也很乱……"

卡珊推开我，带着幽怨的眼神对我说："既然是说不清，那就当作什么都没有吧。"

"我……"

看着卡珊离开的娇柔背影，带着十足的孤寂和伤感，我突然确定，自己的内心深处确实怀揣着一种对她的情感。而这种情感，与澳洲之事无关。

下班，疾雨。

我想要跟卡珊一同回去，但却找不到她的身影。电话不接，工位上也是空的。

我在担心她是不是已经先行到家里去收拾东西了。高架路上，车又被我开得风驰电掣。

不过，她并没有回家，里面空空如也，打开卡珊的房间，只是看到她的衣服连同丝袜，散落在地板上，有些杂乱。亦如我此刻的心境。

窗外暴风骤雨，湿冷至极。我对卡珊的下落，莫名地开始担心，我在考虑关于她的种种可能，亦在考虑我与她的种种可能。

电话响起来，我慌乱地接听，原以为是卡珊的或是有关卡珊的，可不曾想到打来电话的人，竟是美菱。

突然，我们之间变得很陌生。她问我，在干嘛。而我问她，有事吗。

然后我们对着电话，彼此都在沉默，我可以清晰地听到，电话那边她沉重的呼吸声。

"最近好吗？"突然，她又问。

我回答："很好，你呢？"

现在，我们之间就是变成了这个样子。曾经，我们应该是这个世界上最最亲密的人，至少，我们曾经是夫妻，是情人，是默契的伴侣。但是现在，我们一转身，彼此便似不再相识。

人，感情，有时就是这般无奈，与冷漠。

其实，我在焦急地等待卡珊的消息。于是，简单寒暄几句之后，电话被我生硬地挂断。而挂断电话之后，我即匆忙地再次拨打了卡珊的电话。

卡珊依旧是没有接听电话。但是，不久之后，有关卡珊的消息，来了。

电话是我的新秘书打来的。她简单地告诉我，令我回公司一趟，现在。

我问及缘由。

她说，卡珊德拉去了总裁办公室。

不过，当我又在另一段风驰电掣之后返回公司，无论总裁还是卡珊，皆然离去。

等待我的是，公司副总裁。

总裁的办公室里，一片狼藉，由助理带领着两名秘书在收拾。刚刚在这里发生了什么，我可以想象得到。卡珊竟全然不管不顾，闹了这样一出，不管是因为什么，只会令一切陷入一种毫无准备的被动之中。

副总裁在办公室门口拦住我，带我去了另外的地方。

匆忙坐下，他便立即开了口，迅速化解事件余波，并代替总裁宣布决定。

他说，从职业的角度上出发，卡珊必须离职。

我清楚他这冠冕之言背后的意思。只是我不可能再顺着他继续冠冕下去，我必须站出来。我把话挑明。我想，我们公司为了一个员工的一时不理智，而开除她，这未免有些太官僚了，而在外人看来，仅因为员工冲撞了总裁，就被开除的话，那大家未免会感觉这位总裁太没有气度了，这恐怕，也会有损我们公司的形象吧。

副总耐心地等我把话说完，而后再复说道，并不是因为这些，而是因为她严重的工作失误。

我清楚卡珊对他们讲了什么，但于我的层面，我必须坚持我的态度。我说，工作失误，是我的失误，是我一个人的失误。卡珊没有错误，她很优秀……

副总摆手打断我。事到如今，你也不必再替她开脱了。你们之间有什么事情，总裁也已经知道了。

"我们之间没有事情……"

"这个，我不关心，也不想去干涉。"副总微微叹了口气。卡珊确实很优秀。现在她已经说服总裁，重新考虑对你的任用。

"不是，我……不能这样……"

听到这里，我按耐不住了。原本是要保护卡珊，不想卡珊却为了我大闹总裁办公室。我断不能接受。但这时的副总，并不容许我再解释什么。他最后说道："明天将宣布关于你的任命。"

说完他匆匆离去。

事情很简单，但却在我脑中变得很乱，我知道，这触及了感情。走出副总裁的办公室，我便决定，无论如何找到卡珊。我们必须谈谈，谈谈感情。

这一天发生的事情，太多了。

回到家里，卡珊已经开始在收拾东西。

我拦住她，问为什么一定要这样。

然而，卡珊却问了其他的问题："他们宣布对你的重新任命了吗？"

"任命？我不在乎，他们对不对我重新任命。只是你，为什

么要这样做？"

卡珊转过头，继续自顾自收拾东西。

原本的结局，不是对我们都好吗？你……你这又是何必呢。

卡珊低语："我只是，把事情说清楚。"

"不，卡珊，不只是说，你把总裁办公室……我看到他那里一片狼藉……"

卡珊嗤笑一下，"一片狼藉，哈哈，好，有些事情，永远都是狼藉的。就比如，感情。"

"刚刚究竟发生了什么？"

"他不听我解释。"卡珊忿忿地说，"所以，我把他桌上的东西都推到地上，架子上的东西也推倒在地上，反正我要离职，我怕什么。"

我在脑海中不自觉地勾勒着当时的场景，卡珊的性格着实精彩极了，令人兴奋，而这番景象亦令我很自然地想到了之前在澳洲，她把一个流氓脖子上的项链拽下来，然后生生扔进马桶里的那一幕。

我惨淡地笑了。突然我想给她一个简单的拥抱。

然而，她却同样惨淡地看看我，摇头拒绝。

终于，我恳求说："你能否不再收拾东西。于是，我们之间又发生了另外一段暴戾的争吵。"

"我的心是很痛的。卡珊，你别这样……你离开，你能去哪儿呢？"

卡珊含泪冷笑，"去哪儿，我们之间如果没有任何关系，我去哪儿也就不用您费心了。"

"卡珊，我只是希望，你能够先住在这里……"

"住在这里？我以什么身份住在这里呢？"卡珊失落的语气

154

很浓重。

"卡珊，一定要这样吗？你为什么一定要纠结这个？而且，一定在这个时候走……好吧，如果你执意要走，那么我给你留一些钱吧，毕竟，你现在离职，租房……"

听了这话，卡珊忍不住爆发了。她说："钱？我是什么……我在你心里究竟算是什么？我们之间又算是什么？"

这句话，卡珊已经问过无数次了，但是每一次，都令我无言以对。刚刚提到钱，其实我并没有任何其他的感情色彩，而我们之间算是什么。我自感愧疚，我们之间的情感无论如何发生发展，直到现在，我竟然都没有一个准确的定位。我没有想好。

我只能说："我们之间，是有感情的。"

卡珊哭泣。"可是，那种感情，并不是爱情。所以，不要再阻拦我。"

"别，卡珊，你别这样……你何苦因此而离开呢？"

"我不想离开。可是，我必须要离开。"卡珊却开始逼迫我，"如果，我们之间没有爱情，我怎么可以不离开。"

我清楚，此刻我已然陷入一个仓皇的境地，我或许可以感觉到卡珊的爱，连同我对她的爱，但是我却无能给她答复。"我想，我们至少都需要一点沉静。"

"卡珊，我只是希望，你能够先住在这里……"

"住在这里？我以什么身份住在这里呢？我算什么呢？卡珊失落的语气依旧浓重。"同样的话，又被我们重复了一遍，最后她那个似是极度无力的余音，尚萦在我的心里。

卡珊终于被我留下。

虽然在她那般逼迫的情势下，我很难想清我们之间的情感问

155

题。甚或，我们之间之前萌芽的那点滴感情，亦在这番逼迫之下，褪色且变质。然而，最终我还是选择让她留下。

我似是带有欺骗性地回答了她的问题。我说："我必定是对你有感情的，或者有爱情，只是，我们更需要一些时间，所以，请你务必留下来。"

听了这话，她扑到我的怀里，似是感动地落了泪。

但我确定，我不是因为爱，或者爱的萌芽才留下她。我对她的那番感情，此时，或更多的是一种类似父亲对女儿，哥哥对妹妹，或是介于两者之间的莫名情感，不是亲人，但却似是亲情。

当晚，在我赶回家里的时候，我看到的卡珊，是一番从未有过的落寞模样。头发散乱着，丝袜上还被刮了洞。

窗外夜雨凄凄，令人心痛极了。

我能想到的是，必须，留下她。

千绘离开了，美菱结了婚，而我相亲见到的那位叫 Artemis 的女孩又很长一段时间杳无音讯，或许，现在于我而言，我有足够的理由选择卡珊，接纳卡珊，且我在心底，确实是有一些喜欢她的。然而，这还远不是故事的结局，与卡珊一起的日子，或是我困顿的情感经历的真正起始。

卡珊生日。

我们选择坐在苏州河畔一家简陋的咖啡馆里，天色隐晦，室内昏暗，气氛有些凄然。

卡珊面无表情，显得沉郁。她说。生日对于她来说，犹如一种可怖的禁忌。她只在 16 岁的时候，过了一次生日。

在她 16 岁生日的那一天，已经消失多年的父亲突然现身。他把女儿接至自己的住处，他为她准备了蛋糕，他仍记得她的生日。并且，他为女儿准备了礼物，一张银行卡，那或许是他当时的积蓄。

然而，这些东西愈发激起了卡珊的仇恨情绪，她不能自已，于是打翻所有东西。

父亲只怕她会伤害到自己，上前抱住她，不巧却被她推倒在破碎的玻璃茶几上，颈动脉被划破。

当急救车赶到的时候，因失血他已意识模糊，但他始终不忘用含混不清的语言对周围的人说，是他自己摔倒在茶几上。

16岁的生日，于卡珊而言，充满了血色。

卡珊说，那张银行卡最终被她烧掉了，她并不需要这笔钱。感情上的缺失始终是无法用金钱来弥补的，其实她只需要父亲的一句解释，一句能够袒露他内心的真话，可这些并没有，父亲不肯。

于是，她希望用自己的贫穷和酸楚，来铭记自己于情感上的憎恨。

那一年，她满十六岁。

母亲告诉她很多，而于是她更加憎恨母亲。她烧掉了她一切用来佯装雅致的书，然后出走。

曾经，父亲或许应该是一个让人感到骄傲的人，他是诗人，在一本并不畅销的诗集中，她读到他雅致却也不乏力量的词藻，她深爱，但也憎恨。他有无限的才华，但却也被这些才华所困缚。最终他也只是一个三流期刊的校对，他拒绝一切约稿，宁愿在闲暇时间做体力活补充收入。

这么多年之后，她才第一次了解到父亲的另一面。

后来，他离开了她的母亲，不再写诗，选择了所谓的入世。

母亲告诉她，她的父亲最终选择了一个有钱的女人，或许比他年龄大，寡妇，喜欢他的诗，而最重要的是，有钱。

他有了钱，但却注定被生活所抛弃。至少，卡珊是永远不会原谅他的。卡珊如是说。

父亲总在关注她，或是只默默地关注她，于是她必须要令他

痛苦。大学，她做三份工，甚至曾去过夜场唱歌，她吸烟，喝酒，与多个男人左右逢源，放荡不羁……这些，她都是为了做给父亲看。当然，包括她最终选择了一个穷酸清苦的男朋友。

我在不住地吸烟，不能停止。卡珊的故事，让我不停地颤抖。窗外突然下起疾雨，雨丝细密，簌簌如诉，但我竟然感觉宁静的苏州河突然变得汹涌，阴暗的忧郁如同波涛一般，涌动起来。

卡珊说，在你的身上，或许存有我父亲些许的影迹，所以深深地吸引我，也让我矛盾，让我爱恨交加，也让我在很多时候不能自已。

我似是理解到卡珊性格里的那些无解的矛盾与分裂，那些浓烈的黑白碰撞，她是精彩的，却亦是阴暗的。卡珊的内心世界里，有一个永远都无法弥补的黑洞，她一切的离经叛道与不羁，或皆因此而生。

卡珊这样说："我的父亲，现在有很多套房子，或许也有很多个女人，但他的情感世界永远是缺失的，他没有家，没有真挚的情感。那些个跟她的女人，可能真心对他吗。所以，他需要我。他不爱我，他只是需要弥补他情感上的缺失。"

我微微叹了口气，我在想，我本可以对卡珊更好。

卡珊冷笑了一下，说道："总说，男人一旦有钱就会变坏，但是，我感觉，男人首先要变坏，才有可能有钱。这是现实。"

卡珊的话终于偏离了自己悲戚的过往，而我正准备将这个话题继续讨论下去。卡珊突然道："你现在算是有钱算是成功，但你身上却并未沾染太多现实的肮脏，你没变坏。你跟普通的男人，不一样。所以，我很珍惜你。"

还从来未曾有过一个女人这般评价我，我很感动。

突然，卡珊走到我这一边，顺势，我紧紧地将她抱在怀里。

一切本趋于平息，然而，新的爆发又在孕育。

即是在这个晚上，突然接到美菱的一个电话，没有声音，只听到她在沉默中低泣，可以隐约感到她在酒后的深度抑郁。

与卡珊同在书房，我们吸烟，然后看一些晦涩的书籍。房间里很静，电话里也很静。我不知道当如何对美菱讲起，诸如你已结婚而我亦另有所爱如何如何。

我们僵持在沉默中，然后卡珊在回头看我。

美菱说，她病了，病得很重。

我将信将疑，我只是问，"你怎么了。"

美菱并不答。然后干脆地挂掉电话。这让我的脑中突然产生一种阴暗的预感，我难能平静。

卡珊故作若无其事状，似一切并未发生。

我必须对她讲清美菱的故事，且我必须要去看看美菱。我不能够爱她，但自她婚后，我对她的牵挂却有增无减，多年来我们纠葛和缠绕似已演变成一种类似血缘的感情。无法理解，也不能解释，但的的确确存在着。

我告诉卡珊，美菱已再婚，嫁给了一个她并不爱的男人。她很痛苦。现在，或许她是病了。

卡珊冷冰冰地说，病了就是病了，怎么还会或许。

我坦白说，我不确定她是不是真病了，她以前骗过我。

卡珊笑笑。她结婚了，即便是病了，她也会有老公在照顾她。

可是那个男人，也并不爱她。婚后他们分居，他在我们之前生活的那座城市，或许仍然有他自己的女人。我有些不耐烦地向卡珊解释。虽然说，女人的疑心和嫉妒心，再正常不过了，但我总是不希望这些能够发生在性格大器且精彩的卡珊身上。

卡珊突然将手中的书丢下，并不曾夹入书签。她扭过头来说：
"所以你，必须要去，是吗？"

"是。我必须去一趟。"我点头。我也不再解释说什么，女
人之间难能共容，这本也是一件容易理解的事。我可以理解卡珊，
但我并无法抛弃对美菱的不安。

我把电话打给宋大卫，我想，我也应该在乎卡珊的感受。

某些原则上讲，或者我真的不应该去，但当我给宋大卫反复
打电话都不能接通的时候，我突然决定必须去。毕竟在这座城市里，
我是美菱唯一可以期盼的人。

最后，卡珊同意。只是嘱咐开车小心。

我吻她，然后离开。

见到美菱，她依然在骗我。

但是，我却决定坐下来陪她，或多或少地给她一点时间。她
没有生病，但却相当憔悴。她惨白的面色，唤起了我对我们离婚
之前的一些记忆。

上海最冷的一个冬天。我只记得，窗上有冰。

我还记得的，就是美菱惨白的面色。那日，她乞求我搬去她
的住处。

我说："不。我们虽然结婚，但是，我绝不会搬进你买的房子。"

美菱沉默，暗自抽泣。

我安慰她。我说："相信我，很快我会买下一套房子的，为
咱们两个。"

直到挂掉电话，美菱也没有再说什么。因为关于这个，我们
争吵过太多次。

后来，美菱深夜打车过来。打开门，我见到的，就是她那般

惨白的面色。

　　我有些自责。美菱的身体滚烫滚烫，将她抱在怀里，我的心情差到了极致。美菱在半睡半醒的时候，喃喃地说："搬来跟我一起住，好吗？"惨白的不只是她的面色，还有她的话。

　　现在，美菱备好了酒，端起给我。

　　我重新放回到茶几上，淡淡地问她最近好吗。

　　美菱冰冷地说道："不好。"然后，她清楚地告诉我，婚礼之后，大卫短暂停留，然后离开。之后两人再未见面。

　　我试图虚假地安慰她："或者大卫工作原因，身不由己。"

　　美菱没有理睬，继续说道："你知道吗，我曾回去过。"

　　"回去过？"

　　"家里空无一人，当时是凌晨的两点钟。其实，那本是个很突然的决定，没订到机票，于是开车开了十多个小时。"

　　"然后呢？"

　　"然后，我当即打电话给他。我说我参加展会，现在在米兰，宴会结束一个人在旅馆，很无聊于是打电话给他。他说，国内现在是两点，他在睡觉，明天还要参加一个会。就这样，挂掉电话。"

　　"兴许……"

　　"不要再说，不要试图安慰我。次日照旧，他彻夜未归，而我在十一点的时候打电话给他，他只说，应酬刚刚回来，酒喝得有些多，要睡了。你知道吗，就是这样，我在家中待了三天，给他打了三天电话，却没见到他。"

　　我只能是试图宽慰美菱："只是三天，也并不一定……"

　　美菱凄凄地笑道："不用再安慰我了，后来我都查清楚了，他名下共有七套房产，除了我们本应该住的那一套闲置着，其余

161

的……"

"其余的怎么了？"我不解地问。

"其余每一处，都有一个女人。"

"什么，这也太夸张了吧，你这……"虽然，我可以隐约想象得到，但却不曾想到现实竟如此不堪。

"过去人说，几房姨太太几房姨太太，那是有道理的，有一套房产，才能养一位姨太太。现在一点儿也没变。虽说，现在社会一夫一妻，有道德有法律的双重约束，但仍如此。"美菱戏谑地说。

我浅淡地叹息一下，仅此而已。我不想让美菱感觉到我对她的同情，抑或痛惜。那是一种伤害。

美菱喝干了杯中的酒，补充说道："这些，都是我找人仔细调查的结果，不这样，或许我永远也不可能知道事情的真相。可能，在咱们同学之中，很多人还会认为宋大卫是痴情好男人，三十几岁还不结婚，苦恋现在已人老珠黄的昔日女神沈美菱。"

"你有没有找大卫，正面地谈过。"我问。

美菱冷笑，"谈，什么呢？谈，还有什么意义吗？"

"你相信吗，我真的想过接受宋大卫。"美菱在哭。可灯火通明的氛围，并无意营造那般凄美与幽怨。事实上，之前我也并未想到美菱最终走入的会是这样的婚姻，虽曾断定他们之间不会幸福，但现实远比想象的更为痛苦。

之后，与美菱在江边漫步。气氛的沉重如同这冷漠的夜色，街道冷清，街灯昏暗。美菱偎在我的肩头，声音喃喃："我想离开他。"

"你们才刚刚结婚。"

美菱嗤笑一下，"你不必劝。我的父母，几乎周围所有的人，都在劝我隐忍。我需要一份鼓励。"

我很为难，接下来再也不知道如何来说。

美菱自顾自，忿忿然地说道：

"对了。还有，你知道吗，婚后我们始终未曾发生关系，他在拒绝。结婚时短暂在一起的那几天，我们分床而睡。他冷冰冰的嘴脸，不知你能否想象得到。

"他并不希望我回去，从未要求我回去过。虽然我自己也不愿意回去，但这是两个概念。

"我真的很累。于是我希望能够走入婚姻，哪怕那其中并不存在爱情。

"十年，他始终未婚，原来他对我的那种追求，只是想要占有，形式上的占有。"

美菱蹲下，背靠栏杆，暗自抽泣。而我，除了替她感到悲哀，一切也皆无从说起。

空气冷涩，我脱掉外衣为她披上，然后坐在她身边。寂静中，我甚至在闪念，如果当初我们的婚姻不曾解体，情况或许不会是这样。想到这里，我突然变得有些疼痛。

抽泣很久，美菱突然破涕为笑。她说，想到一个段子，一定要讲给我听。

我说，好的。

这是发生在现实之中的真实故事，并非杜撰，她的一次亲历。她说。

就在前不久，去挑选钻戒，遇到一对争吵的准夫妻。而争吵的原因恰恰是因为我。

女说：你看人家老公，舍得为老婆买那么贵的钻戒。

男说：爱不能停留在这些表面的东西上。

女说：那你的爱表现在什么地方。

男说：都在心里。

两人随即争吵不休，形势火爆，最终两个人都口不择言。

女：真后悔嫁给你，没钱还不知道奋斗，不像个男人。

男：女人物质也不看自己值不值那个钱，你要是长得跟那美女似的，卖肾也给你买钻戒。

这真是一段经典的黑色幽默，只是不知是否有愿意写实的编剧导演把这一幕搬上荧屏。无论是爱情还是婚姻，在生活的某一时刻被演绎成这般，实在没有神圣的理由。它们或是世界上最肮脏最龌龊最悲哀最罪恶的事情。如此，怎么可能还会让人想到理由再去爱，去真爱。

最后送美菱回家的时候，她这么说。现在，爱情好像已然不能成为结婚的理由，然而更可悲的是，结婚并不等同于拥有婚姻，这个只是在某一瞬间发生的事件，你从中无法得到任何东西，而却要无限制无休止地为其付出。

我必须反思。美菱最终走到这样一个境地，我是否存有一定责任。听闻美菱欲结婚的消息，我或曾抱有些释然。但其实，宋大卫这个人，行为极其不端，大学时便曾伙同一些人去往会提供特殊服务的色情场所，多年来不交女朋友，实际上根本就是不固定女朋友。然而这些，出于各种原因，自始至终我都不方便对美菱提及。

现实，适应，存在即合理，不知是不是当代人受尽现实的摧残，而无力挣扎，他们比任何一个时代都更崇尚接受现实适应现实。

如果真的是如此，人无力摆脱现实，现实即是一切问题的真理，那么，所谓的婚姻与爱情也不过是现实生活丛林法则的某个方面。不再美好。

第十一章
Chapter Eleven

　　爱情，存在于现实之中，便不可避免地成为一个悖论。所谓构建的本能与破坏的本能，皆源自此。

卡珊是个破坏性很强的人。抑或说，她是一个极端的完美主义者，如果不能够构建一种完美的情爱关系，那么她将选择彻底毁灭它。

深夜。

驱车赶往外白渡桥附近的一家酒店。苏州河畔，那幢沉淀着沧桑痕迹的华丽建筑，在夜半仍以一种魅然的灯火在铺展着旧上海的优雅，并幽怨。

然而，此刻我却无心在意这些。送美菱回到家，她再复煮了咖啡，而我再复于她端了咖啡给我的时候，被迫离开。我接到一条来自卡珊手机的短信。内容即是位于外白渡桥附近的这家酒店。

酒店名，加房间号。

我隐约已经知道了些什么。我回拨电话，她并未接听。

于是，我又背叛离开美菱。

见到卡珊的时候，她果真在那个酒店，那个房间里。

她说，她决定跟我分开，彻底分开。

对于生活，我终于在这个时间把它恨得透彻。它让我一无所有。

一个装潢华丽的房间，处处充斥着旧上海的风情与味道。卡珊似是很刻意地穿了短裙，冷冰冰地等待着我的发难。

我冷笑道："仅仅是，因为我出去了一趟，见了我的前妻，你就要上演这么一出给我看。"

卡珊同样冷笑，"我们之间本来就不存在什么关系。我算是你的什么？"

我说："对。无所谓。我们之间本来就不曾存在任何关系。"

我意欲离开。突然，卡珊从沙发上站起来，"如果我说，在这个房间里，自始至终就只有我一个人，什么事情也没有发生，你相信吗？"

我突然一愣，不解其义。

卡珊疼痛地说："我只是，用这种方式，让你回来。"

"你……够了……"听到这里，我突然厌倦，不仅仅是厌倦爱与恨之中的嘲弄与猜疑，更是厌倦了生活。我开门离开。

然而，卡珊见状，却拼命地从后面抱住我，突然痛哭起来。

我说："卡珊，你……让我静静。"

不，不，我还有话要说。卡珊用尽全力抱着我，整个身体紧紧地贴着我，似要将她自己嵌入我的身体。她带着浓重的心碎哭道："我们怎么可能没有关系？"

我无力道："怎么都好，只是，你让我离开。"

"好的。"她突然松开手。

我回身去看她。

她紧接着说："我们分开吧。彻底，分开。"语气惨淡。

我真的不希望离开你，你是我发自内心爱过的男人。可我却始终无从把握。你让我的一切努力都变得无助。

最后，卡珊重新落泪并不再面对我。

深夜四点钟，一个人流浪在冷冰的公路上。

似是我的一切情感历程，在痛苦地流淌多年之后突然于此刻戛然而止，突兀之至，令人倍感不适。生活的残酷性和戏谑性总是在人们的不经意之间精彩上演，让人悲喜无措。原本以为，与千绘的这次遭遇会是我感情之路的绝美转机，但是没有转机；而之后渐进地与卡珊萌芽的情感，或又是一段新的开始，但是亦没有开始。时至今日，这样的结果实让人始料未及。

　　我甚至突然绝望地认定，爱情，于我总是一场注定的悲剧，我无从逃避。即便于此时，我抛弃一切的是是非非对对错错，无谓过往无谓心结甚至无谓结果，孤注一掷地接纳千绘，或许悲剧亦然。只不过，仅是其发生的方式不同而已。

　　灰白的灯光刺着惨淡的路面，让人在郁闷之中寻找着毁灭。我在想，这个时候面前如果有歹徒出现的话，我可以认认真真地搏斗一场，跟邪恶，也是跟生活。

　　不过，无论如何，生活还都必须继续，至少暂时是这样的。

　　卡珊离开了我的家。

　　而很快，公司便宣布了关于我的任命，任命我为国内部总监。自此，便开始突兀地负责国内的业务，但是现在，工作就是如此，不懂医疗的可以负责医疗，不懂经济的可以负责经济，重要的是位置，而不是能力。

　　但是，显然，我并不适应这般规则。做国内的业务，超出了我的能力。

　　不过，调任之后，竟然惊奇地发生了一个插曲。在之后的一次合作谈判时，我见到了之前跟我相亲认识的 Artemis。如果不是工作谈判，真的或许我们已经两相忘了。

　　宴会结束，我开车送她回家。我们之间的话，自始至终都并不多，且仅限于问候彼此的近况。

　　她突然问道："记得，你是负责国外业务的。"

　　我点头，"是啊，或许我这算作是一种贬谪吧。"

　　"什么。"贬谪这个词，她或许没有听明白。

　　于是我便说得更明确一些："降职。"

　　她淡笑，"我看不算作是降职吧，都是总监。"

扭头看她的表情，她显得理性。她的话不算作安慰，只是一种客观陈述。

便是这番理性的感觉，令我在自己的情感世界崩塌之时，暂时觅到一个平静的避难所。我确实需要一种平静了。

送 Artemis 回到她的住处，她表示感谢，称要请我上去小坐。

或许，在某一个瞬间，我们都彼此捕捉到一些什么。便自此而始，我们经常相约在一起。曾经在这一刻，我甚至无助地以为，我要为我的爱情找寻一个妥协。

进退维谷间的故事正在平静中消亡，而美菱又恰于此刻不失时机地闯入。或者我的故事里无法缺少她，然而她在故事里的意义始终也不是挽救，而是加速它的消亡。

在雨里，那辆红色的奔驰被开得疯狂，可以看到挡风玻璃的水滴正在上行流动，而窗外的呼呼风声已然盖过我们的喘息。在某一天晚上，我接到了美菱的电话。她继续说，她病了。

这次，我坦白告诉她，我知道她又在骗我，她没有生病。我不再希望她来打扰我平静的生活，但是，我始终不忍看到，处在这般境地的她，失落、绝望，而无人理睬。

她等在公司下面，整整一个下午。办公室，透过玻璃窗，我看到了那辆停在雨中纹丝不动的红色奔驰，让人焦躁，亦让人同情。

"要去哪里。"我问美菱。

"就这样吧，我喜欢雨。"

美菱第一次把车开得这样洒脱，如同一匹不羁的骏马。但我此刻却并无这样的情怀，我尚因之前的种种而纠结，包括千绘，包括卡珊，当然也包括美菱本身。至少现在，她让我回忆起这一些。

在高架上兜了一大圈之后，美菱从一个突兀的匝道口驶下，

169

穿过窄仄街道并最终把车停在大库的一间画廊前面。

画廊已闭，但透过雨丝可以依稀看到张贴在门口的海报，后现代主义的画作，震人心魄。我已隐约感到了一些什么。

美菱悲戚地说："我终于被抛弃。"

我不解地问："被谁抛弃？"

寂静中，雨刷摆动，那般声响刺动我们脆弱的神经。美菱低沉地说："画廊，是我帮他开的。"

这样，我便隐约可以想到，在美菱的那一边，发生了怎样的故事。我笑："那又如何，你帮他开画廊，他就应该始终受制于你？"

"不。完全不是你我所想象。他有女朋友，很固定。他们交往了八年。"美菱显得欲哭无泪，"我有一点爱上他。"

我无语。美菱的话突然让我的心里冰冷许多，我无法客观理解她的爱所指什么。

美菱兀自继续"你知道吗，我终于不顾一切，我决定逃离这里。我发现我跟现在的这个社会格格不入，为什么人与人不能真心相待，为什么我的真心换不到其他人的真心，为什么追求一点真爱，就那么难。"

虽然对美菱的境遇表示同情，但是我冷笑道:"你打算去哪里。"

美菱说："我需要有一个人，跟我一起逃离。"

诧异片刻，我便连忙回应。我，不可能跟你一起走。

"为什么？"美菱反问，"你觉得你很适应现实吗，你认为你很懂得当下的人情世故，还有商场规则么，听说你现在调任国内部，你懂得在国内做生意需要的那些潜规则么，你过去……"

我生硬地打断美菱："毕竟，现在你与大卫尚有婚姻，不曾解除。"

"这些真的那么重要吗？"美菱继续反问，"婚姻不过就是一个形式上的东西，你为什么一定要在乎这些，请问婚姻在现实之中有什么意义，有婚姻的人，未必就可以生活在一起好好相爱，我跟宋大卫有婚姻关系，可这妨碍他养情妇了吗，法律保护我们的婚姻关系了吗，而没有婚姻的人，也未必就不能……"

"美菱，我们不讨论这些了，我只是想告诉你，我不能跟你一起逃离，不论你去哪儿。"

"我们移民去国外。逃离让我们都痛苦的现实。"美菱的眼睛里闪动着异样的光芒，或代表怀疑与奢望。她注视着我，岿然不动。

确实，如美菱所说，我并不是那么适应当下的现实，但是我必须拒绝她，无论如何我也不希望再跟她缠绕在一起。

但她未容我开口，便紧接着补充道："而国外，没有你讨厌的世俗观念，没有那些肮脏的物质规则，没有冰冷的现实束缚。所以，我们或许会生活得很好。"

这般憧憬又被我不期听到，竟使我悚然。

我否定美菱，然后打开车门，跑到雨里。精神于此刻终于分崩离析，跑过去，我撕掉画廊门口张贴的海报，然后狂奔在雨里。

美菱也跑下车，在后面追赶，"你要去哪里。你等等，我有话要说。"

突然，我停下，转身直面美菱。美菱愣在那里。在浓重的雨声中，她大声喊着："林千绘不会再回来了，你还在幻想什么。"

我冷笑。我对美菱说："我现在有女朋友了，可能我也要很快结婚了，我不希望你打扰我平静的生活。"这番话，我没有喊着说，所以我也不确定她是否能听清。但是，紧接着，我掏出手机，向她示意一下，之后使劲儿地丢进河里。

重新买了手机，办了号码。但是，号码我只告诉了 Artemis 一个人。与她发展的迅速程度，出乎我的想象，冬去春来，就如同天气，我的情爱世界亦在日渐转暖。

她告诉我。春节，她已经把我们之间的事情向家人说了。

虽然我并不爱她，但或许这并不妨碍我们走入婚姻。我妥协，我亦要为我坚守多年的爱情，掘个坟墓。

谈及婚姻，我们开始筹划。

我说："我们将在苏州河畔拍摄婚纱照，将在沐恩堂举办典礼，至于婚宴，就选香格里拉。"

她满足地微笑着，说道："何必那么奢侈。有爱，只要一间不必太大的房子，一张不必太大的床，床头柜上放置我们的照片，有一只雅致的台灯发出温馨的光线，照着我们。这样，就足够了。"

如果不是一次偶然的事件，或许现实永远都如同我们勾勒得那么美好。

一个很普通的周四下午。有会，所以我电话告知她，不能再去接她了。而插曲是，会取消了。

之后，便在她公司楼下的停车场里，看到了那令人绝望的一幕。我发誓，我不会再相信什么，我发誓，我会永远憎恨现实。

Artemis 自电梯下来，但她走上的却不是我的车。她不曾想到我会来，她没有想过会有如此这般简单的偶然事件发生。就在我视野里面的一辆灰色丰田，发生了车震。

甚至，透过没有遮严的前挡风玻璃，我可以看到 Artemis 熟练地脱掉工装，脱掉胸罩，脱掉高跟鞋和丝袜……

我没有跟 Artemis 再次联系，那个夜晚着实折磨得我痛不欲生。

在现实中，我无处可逃。我永远都是失败的。

路上，我开车狂飙，风驰电掣之中，我才能缓解我的病情。

后来的某日，再次于谈判中遭遇 Artemis。

这段期间，我的电话没变，但我们始终没有取得联系，一切皆似心照不宣。这次谈判，俨然变得公事公办。

我突然厌倦平和地伪装，谈判的过程中，充斥着口蜜腹剑两面三刀。最终，我打破了游戏规则，我开始谩骂。

这一场重要的遭遇战，被我彻底搞砸，我对他们竖起中指，并当众大呼"Fuck your all"之类的话，当然，我是用中文骂的！当时，灰色丰田车车震的影像，在我眼前不断闪现，还有 Artemis 的胸罩、高跟鞋和丝袜。

我确定总裁对我已经无法容忍，就在当天，他连续召集了高管会，秣马厉兵。

而我为鱼肉，深陷囹圄无从应对。我知道，此刻的自己已然被萦在四围的种种情感所撕裂，其他的东西，早已无暇顾及。

主动辞职。我缴械投降。

虽然整个过程之中，我做得相当坦然，可收拾东西的时候还是相当沉重的。在这座大厦里，我工作了十个春夏秋冬，历过寒暑，品过风霜。而此时我方才发现，自己原来很脆弱，往昔的一幕一幕开始不受控制地在脑中浮现，清晰可见。

恰在我搬着纸箱离开的时候，消失已久的卡珊却突然打来电话。我不记得我告诉过她，这个新的电话号码。

"为什么辞职？"她直白地问道。

我反问："为什么要这样问？"

她回答："因为，那是我现在，唯一可以感受到你存在的地方。"

沉默了良久，我微微叹气，然后把电话挂掉，继而关闭手机。

　　终于，我开始了我的流浪历程。开着车漫无目的地穿梭于这座城市之中，与那些本不属于我但总会反映到我脑中的灯红酒绿纷繁喧嚣声色犬马擦肩而过，让我在带有疲倦和厌烦的同时，能多少地感到一丝的遗憾与留恋。

　　最终，我堕入酒吧，深醉。

　　天色有些蒙蒙亮，新的一天就要开始了。也终于在新的一天开始之际，在它开始之前，我看到属于我的这个四角天空完完全全地塌陷下来。空气以一种超越自然规律的重力加速度向我压下来，将我狠狠地按到地上，让我无限制地触及冰冷的现实。一切皆发生得如此突然。

　　昨夜的宿醉让我不辨时空，只是隐约记得昨夜我回了家，并见到了卡珊。

　　昨夜，卡珊确定来过我的家，更确定的是她等在我的家门口，如同某一次蜷缩在角落里等我的美菱。我搀扶起她，我们相依进到屋里，然而至于之后我们之间说过什么，我现在已不再记得。只是隐约感到，我们之间无尽的快感尚且残留。

　　"对了，卡珊。卡珊呢？"

　　我起身，迫切地寻她，可空荡的房间里已然失去她的影迹，四处流淌着死寂的空气，令人憋闷。

　　天色已经大亮，当晨曦洒进卧室的时候，我又有了浓重的困意。躺在床上，深深的虚脱的感觉伴随着我，不是疼痛，不是昏厥，就是一种被掏空的样子。

　　床上还残留着卡珊的味道，一种淡淡的诱惑和一丝轻柔的妩媚，甚至，我还能感觉到她的温度。不过，再多的气息和温度也无法让我清醒，在沉沦的边缘上，我第二次昏睡了过去。

快感，是人的快乐中枢里产生的一种能让人愉悦的感觉，它可以被分为具体的快感和抽象的快感。

这一次，在梦中我却被一种朦胧的快感所折磨，浅淡的痛苦困扰在四周，令我痛苦不堪。

洒满了花瓣的舞池里，身披着白纱，卡珊在随风轻舞着。窗帘在摆动，挂在天花板上作装饰的塑料藤在摆动。房间里的光线有些昏暗，给人一种欲醉欲仙的感觉。

不知什么时候，有了肌肤相亲。嫩白润滑的感觉萦绕在脑中，反反复复的摩擦最终汇集成了兴奋和沸腾。还是有股 Givenchy 的味道，欲望和诱惑总是交织在一起。

空气中的水分子浓度渐渐大了起来，四处都是一种蒸汽缭绕的感觉。飘来一丝桂花的清香味道，让人在憋闷中感到淡淡的清爽。身体感觉有些焦灼，欲火中烧，脸上有些烫烫的。

卡珊的唇亲吻着我，带着一丝香甜的温度。但我们并未发生什么，且她一定要离去。便是如此，我们的一切都被笼罩在这般潮湿的阴霾之中，快感便犹如被紧缚的困兽，挣扎且痛苦。

第二次醒来，额头上还残留着蒸汽缭绕的迹象，衣服也被汗浸湿了一大片。浑身都是一种摇摇欲坠昏昏沉沉的感觉。绝望不期而至。

跌跌撞撞地走进卫生间，把自己关在淋浴房里，我试图让舒适驱散昏沉，让清醒填充空旷。试着不去回忆梦境，因为我想从那种虚幻的快感之中走出来。蒸汽在给了我舒爽的同时也给了我沉重的压力，我又清醒地认知到了自己的悲哀。

昨夜。

看到我，卡珊似含泪微笑。

我却冷冷地对她说："你怎么在这？"

卡珊说："我只是想，等你回来。"

我的酒意甚浓，我确信我说了言不由衷的话："对于现在的我们，又有什么意义……"

卡珊低泣。

在迷醉中，我似是说了这样的话。不要再说什么，爱，有关的字眼……

卡珊道："不会再说。"

带着酒意，我肆意地笑着。爱情，是最鄙贱的字眼，最鄙贱……

浓醉。我似是砸了什么东西。卡珊似是想要说什么，但终于还是没有说出口。

记忆中，卡珊最后静下来，静默地看我做这一切。我在迷醉中，只有谩骂，摔砸。

不过现在，破碎的东西已经被卡珊清扫干净。昨夜暴乱的痕迹，已不复存在。

带着湿漉漉的感觉走出淋浴房，我竟然有了一个惊奇的发现。

架子上，一个粉红色的香水瓶进入到了我的眼帘，我知道，那是卡珊的 Givenchy Very Irresistible。在它下面，我发现了一张彩色的信纸。那是卡珊最后留给我的话。

卡珊对我说：

生命如一场赌局，我孤注一掷，且输得惨烈。不可否认，我们都是追逐真爱的人，只是我，注定要被困在病态和矛盾斗争的泥沼里，迷失，而无法自救。我母亲曾说，愈是触及到真爱的人，便愈是病态的。我不顾一切，做了错误的选择。在澳洲的那个迷醉的夜晚，虽然我们并未发生什么，但于我而言，那代表着一种觉醒，让我突然找回曾经被压抑的爱的萌动。我感谢我们的时光，否则，我或始终未能体会到爱的纯净与多彩。

看到卡珊的字迹，我的心里突生起伏。突然有些如释重负，也突然有些失落。担忧和歉意牵引着我，在不知归路的迷途中寻觅着细微的安慰。

昨晚。

在我的暴怒之后，我倒在凌乱的碎片上。

卡珊静静地说："对不起。我们之间，是我太固执，病态的固执。"

我们，都落下了泪。

卡珊将我扶起来，扶到卧室的床上。她的泪珠滴在我的脸上。

她说："不要恨我。一个女人如果希望在男权社会中找到真爱，只能这样病态。"

突然间，有一种无名的痛觉让我不堪。曾自是认定神圣无尚一尘不染的那些，此时却必将为自己所弃置，只因已无能存在坚守的力量。忽惭愧得无地自容，感觉自始至终皆生活在一种嘲弄的空气里，没有同情且不存在正义，而自己的固执和青涩只会被笑作丑陋或是丑恶。

爱情就如同一支美丽的罂粟，它让人醉在其中而不知所以，它让人触碰激情和悸动，继而在快感中渐进消亡。悄无声息。

然而，可悲的是，事情至此，我尚难搞清我在其中究竟做了什么，扮演了什么。

卡珊消失。简单之至。屋子被她收拾得几乎不再有她的痕迹，她看过我的书，一本厚厚的书，我从侧面看到那本书的名字叫作《生命不能承受之轻》。突然想到了里面的故事，心情就此破碎。

或许，爱情之中无谓对与错，轻与重，也是只有强与弱。

而我是弱者。我们都是弱者。我们或本应相互舔舐伤口，但现实中，我们却让彼此鲜血流尽。

我的爱情中，沦丧快感，只剩痛觉。卡珊和我，我们各自的爱情皆是如此，而现在，我亦能够愈发地理解到卡珊的爱情，以及她和我共有的残损爱情。

自此，在我的唱机，时常会飘出一段荒芜的旋律，它的名字叫作——Anhedonia。

我突然决定，必须要找到卡珊。无论她在何处。

动用了很多关系，在获悉一个模糊地点的当日，我便把油箱加满，驱车驶上高速，去往卡珊的出生地——苏州。

一切皆似空幻。而此处小桥流水人家的清远，亦并未对已然被城市喧嚣扯裂得支离破碎的我构成打动。

其实，卡珊留下的信息残损不堪，故找到她的住处也实属偶然。果如卡珊所言，她的母亲至今仍居住在一处破旧仓库里，此地遍布着 20 世纪六七十年代的工业气息，充斥着一种艺术与颓废，甚或在突然之间让我想到了北京的 798 艺术区。只是，它在苏州，让人很难把城墙、运河、古渡，还有随处可见的傍水人家与之联系起来。一切皆格格不入。

卡珊的母亲，一个比我大不了多少岁的女人，眉宇间沉淀着长久的幽怨，仪态冷漠且空落，如同某些时候的卡珊。

我简单说，我爱上了卡珊，但是现在她，消失了。

听到卡珊这个名字，她不置可否，只淡漠一笑，随后说道："她既然有意离开你，就不要再找。"

可我坚持问她："我必须找到她，我……或许是我欠她很多……"

她冷笑，"没关系，我们每个人都会被欠很多，生活欠我们很多。还有爱情。"

她的母亲突然说到这里，让我从某种程度忆起卡珊的凌乱故事。顿时感到一阵亲切与折磨。

她这么说。愈是触及到真爱的人，便愈是病态的。无论如何，都是她自己的选择。

卡珊母亲的话，令我突然哑口。而我内心深处的自责与对卡珊的痛惜，都在疯狂激增。

卡珊的母亲说，婚姻，或者爱情，都是一些并不能属于她的事物，她本来应对爱情渴念，但她的经历令她始终在矛盾与痛苦中挣扎。或许她曾努力地使自己变得庸俗，变得被物质欲望所充斥，但那并不可能是她，无论如何，她需要固执地选择爱情……

我哀叹："她……承担了太多……"

听到这里，卡珊的母亲突然默默悲伤。每一个人，都有自己必须要承担的执念。

而我，一直也等不到答案。这个哀怨的母亲把女儿看得很清，就如同她看待生活。

最后她说，任何一个追逐纯爱的女人，都不可能避免一个悲剧性的结局，但那个结局是美丽的。而那个女人，也是珍贵的。

简单与卡珊的母亲道别。她神情冷漠，微微点头。我竟在无意中发现，她极度忧伤的情绪中闪现出了一丝跳动的希望。只是此行，让我不得不陷入深刻的绝望。

驱车离开，行至一个叫作盘门的地方，忽然决定停车驻足。看到古城门巍峨耸立，护城河上烟波缥缈，而时有扁舟缓慢穿梭，心情在不自觉地变得脆弱。然后，敦使自己必须要找到卡珊，无论我们之间的残爱流向何处。

第十二章
Chapter Twelve

强行说，爱情必由现实而决定。那么，这个本纯澈的意识形态，亦会存在立场存在阶级存在斗争存在对抗。

现实被演绎成这个样子，让我无措。只是偶在深睡时，可在幻境中感受到卡珊留在床上的余温，明白那是虚假的，故曾在梦境中痛苦不堪。

梦境里出现过温泉小镇，出现过贝多芬的音乐，出现过难能可贵的闲适，然而一切旋即被突如其来的骚乱扫过，狼狈不堪，广场上出现冰冷的坦克，连同风雪中大衣紧裹的秘密警察。不解自己究竟要被置于何处，时空在梦中错乱。卡珊出现，在寒风中拍照，拍坦克，拍大兵，拍冷酷的面孔。然后我们逃离到她的画室，做爱。

门铃声将我惊醒，于是马上想到那或曾是一本书中的情节。是的，《生命不能承受之轻》，布拉格、政治骚乱、冰冷的坦克，还有在广场上拍照的少妇。一直以来，总会不同程度地拥有这般的梦境，仿佛自己始终生活在文学作品里，这让我欣悦亦让我不安。

门铃声，在黑暗中继续响动。急促，如同悸动。但我却无暇回应，或只把它当作响在梦中。卡珊，在阴寒的广场上拍照，然后，我们突然逃离到她的画室。

门铃继续在响。而有灵感突然让我感到，门外或可能就是卡珊。于是，顷刻跳起。

然而，门打开，站在外面的却是我不可避免的另外一层痛苦的遭遇。

自卡珊离去之后。我的房子里，着实已经变得空落，从前一个人，它是我的家，但现在，它于我便再没有家的任何感觉。这所房子，已经处处充斥着卡珊遗留下来的情感与诅咒。它犹如一个魔窟。

卡珊彻底消失在我的世界里，然而她给我留下的后像，却令我无论如何也看不明白。

一切皆似在这般空落中消耗，茫然无措的时候，人只能如此。

此时的来人是位青涩的男生，年龄要比卡珊还要小很多，发型很潮，举手投足充斥着后现代主义的味道。我猜得到，那是美菱一度交往的小男生，美菱为他开了画廊。

开门，他只是冷漠地告诉我，美菱姐病了。

我同样冷漠地告诉他，我知道。她给我打过电话，发过短信。

"可是，她说她联系不到你。"男生低语。

"手机号码，我换过了，但我能想象到她打过电话，发过短信。"我解释，并自顾自地冷笑。

男生突然仰起头来，目光里充斥着指责。

"她结婚了。你知道吗？"我反问他。

"可是她现在病了。"他平静地说。

我又在笑。"这是她第三次病了，哦不，是第四次。"

"你们毕竟曾经爱过。"他的话都很短，但有些力量，"不管你信与不信，至少，你应该去看一下。"

说完这句话，他便转身离开了。而当日自画廊外被我撕下来的海报，正被我张贴在客厅的醒目位置，他的画作，而他自己却熟视无睹。

那幅画是一个人脸，五颜六色，表征着他潜在的各种人格的斗争与融合，而其头发如同锁链一般将这张脸最终捆绑起来，表征束缚皆由人们自为。

一个本就有故事的人，不会允许他人轻易续写他的故事。无论是谁。一般具备这种艺术气质的人都怀揣有鲜明的仇恨，无从控制。如美菱这般膏粱千金，自是无从体会，她本就不应该选择走入那样一类男人的世界。

所以，美菱或曾被他所弃。

思维到这里，我突然又对美菱抱有一种惨淡的同情。我驱车去了美菱的住处。

或许，无论如何，婚姻和爱情也皆是很玄妙的事情，由其二者会演化出种种难以成立的逻辑。与美菱之间，每每否定婚姻，便每每感受到些许情感。

车行在城市阑珊的灯火之间，脑中突然浮现一个画面。

美菱站在窗前，痴痴地看着窗外。外面冰冷的夜色和里面柔和的光线就这样交错在她的身上，黑白两种色调共同投在她那妩媚的粉色睡裙上，流露着一种玄妙的温存和诱惑。这个画面曾恒定地出现在我们的性爱之后，如同一种别样的后系。而此时于我，这或者只能作为一种望而不及的纪念。

按动门铃，却得不到应答。打电话过去，美菱终于接听，只是声音微弱，含混不清。

"美菱，你怎么了？"此时，我预料到，已经发生了什么。

"你，来了吗？"

"已经到了，把门打开。"

她答应着，但是门始终没有开。我感觉到，她的电话掉落在地上，然后断线。乱了，突然之间全部都乱了，我焦灼不安。再次拨她的手机，声音已然变成关机。

当我说服警察，最终让他们同意破门而入之后，已经是一个半小时之后。

我看到美菱躺倒在门厅的地板上。她的手机丢置在一边，身边铺洒着浓重的血迹。我扑上前，拼命呼喊她的名字。而警察将我拉开，他们必须要验证，躺在地上的是一个人还是一具尸体。

"有呼吸和心跳。"他们这样说。而我却感觉到美菱似是在向我微笑。

急救车上，美菱似乎在药物的刺激下，恢复了一点意识。她感觉到，是我正握着她的手，于是安心地微笑一下。

我说："美菱，你病了。不过没关系，我们马上就到医院了。"

她的意识极度模糊，让人无比揪心。她的话令人焦灼不安且感动之至。她说："比较累，不能照顾你了。你自己去洗澡吧，衣柜的第三扇门里有你的睡衣，新为你买的，没有人穿过。"

她话语无力，随即又昏迷过去。而我心如刀绞，我们之间的往昔如同幻灯一般一幕一幕有规律地浮现在思维里，湿滑温润且令人难舍。突然记得，我们生活在一起的日子，她总在为我整理衣物，我的着装皆由她安排，她比我更清楚我适合什么。

然而，现实要比我们预计得更加严重。

医生说："宫外孕，大出血。"

情势危急，需立即手术。

美菱已清醒，脸色煞白，就似急诊室冰冷的墙壁。而她痛苦的声音被我听来，心痛不已。我已发觉这种心痛，实实在在地代表了一些什么，不管我愿不愿意承认。

医生催促我，签字，然后可以为病人手术。

一听到医生说要手术，美菱触电似的做出了反应。不，坚决不！

她说："就让我死掉吧，这样我可以顺其自然地摆脱宋大卫这个浑蛋，摆脱我们无望的婚姻，摆脱痛苦到极致的生活，摆脱一切。让我死吧，就这样吧。我现在的生活远比死亡要痛苦，这是我的希望，是我的出口。我必须死去。死去。"

她对医生明确否认了我们的关系。她说："这只是我的前夫，我们现在不存在任何关系，我又再婚，所以他没有权力签字。"

所以，无论我再怎么说，医生都认定无效。

美菱却从容地说:"我希望你,看着我死去。记得有位哲人曾说,只有让绝望的爱人看你死去,他方能记你一生一世。我希望这样。"

"不要这样,美菱,不能这样。"

"美菱在笑。我知道你,并不希望这样。你并不爱我。"

我的心境莫名地阴暗起来。"不。美菱,不是这样。我对你有爱,至少曾经有爱。而且……"

美菱问:"而且怎样?"

"无论怎样,你必须活下来。"我想说的是,"爱是很微妙的,爱情有时就像烛火一样,时而旺时而灭,摇曳不定。"可能我们之间,就是如此。有爱,一定有爱,但只是不太确定。我只能暂且如此安慰美菱。

"谎话,你只是无法看我死去。"美菱冷冷地说。

周围很静,急诊室里流淌着一种无声的呻吟,我听得很清楚。多年前,似乎有过这样的一幕,不知是在梦中,还是在现实之中。

宋大卫的手机已然无法接通,我只能把电话打给美菱的父母。而时下的我与美菱只能在静默中等待,美菱露出淡漠的表情,眼睛闭上,似静等着死亡的降临。灯光反射在她的脸上,是一种异样的惨白。来苏水弥漫在四周,利用疼痛和恐惧作为利器,残杀着宁静,残杀着温柔,残杀着芬芳,残杀着性感,甚至也残杀着性。暴戾、罪恶——在这种氛围中,只有这两个概念。

午夜寂静的急诊室里,滴滴答答的声音响在我们彼此的心里。我知道美菱睡不着,她的手还有些瑟瑟发抖。握住她冰冷的手,至少我能感觉到一丝欣慰。此时,我或者是美菱唯一的安慰。所以,我仅能这样。

美菱的父亲联系医院,半个多小时之后。医生同意先行为美菱做手术,而通过传真把签字的事情解决。美菱的母亲打来电话,而美菱在电话中突然狂躁起来，咒骂婚姻，也咒骂生活，且一再提到离婚离婚离婚，反复不停。

最终，美菱被注射镇定剂，而后推进手术室。尔后，护士催促我去办理相关手续。只是记得，在手术室大门关闭的那一刹那，美菱躺在那里双眼紧闭的样子如同一个深重的后像，印在我的视网膜上，似是暗示着一种失去。

在回来上厕所的时候，背靠着厕所角落的墙壁，我点上了一支烟，笼在身上的深深疲倦让我想到了绝望与放弃。厕所里也遍布着那刺鼻的来苏水味，"Damn it！ Damn it！ Damn it！"不可控地讲了粗话，然后使劲儿捶打厕所的隔板，突然感觉自己在这般现实之中无处可匿。

刚刚在我跟宋大卫打电话的时候，美菱生硬地打断了我。

我反问道："这种时候，不应该给他打电话吗，至少在法律上，你们是夫妻。"

美菱惨淡地笑了一下，"孩子，应该是你的。婚后，我跟宋大卫没有发生任何关系。"

烟气迷失在来苏水味道之中，失去了它存在的意义。就如同弥散在现实生活之中的婚姻和爱情，在它们尚未迸发出任何火星的时候，已然被无情的世俗利益熄灭。突然想到，此时的宋大卫应该睡在别的女人的床上，而那个小画家临阵脱逃，美菱的感情生活简直遭到了极点，当然，我也一样。所以，我必须对身边的现实产生憎恨。而事实上，当我走出厕所的时候，我感觉到的只有一点彻骨的悲凉。

美菱或者还在等着我。只是深陷一种无望的境地，而无力等待而已。而此时我坐在手术室的门口，亦在等着她。理智地思考一下，或者我并不会等待着将来我们会如何，只是这种等待，可

以让我在道德的天平中减少一点对美菱的亏欠。我们之间，无论如何，还没有单纯地走到只是物质交换的地步。至少我们还是拥有一段共同意义的生活，就现实意义而言，她也应该是在我人生的情感历程中与我走得最亲近的那么一位。

想到这里，我突然得到一丝久违的快慰。

快要天亮的时候，我突然有了一个梦——这个梦其实就是一种景象，没什么情节，近来我的梦总是如此单调，没有逻辑。我梦见了无影灯，梦见了护士手里擎着的金属托盘，梦见了医生护士之间的私语。梦见的是卡珊曾经提到的娃娃，那只面容被严重损毁没有脸的娃娃。突然，美菱变成了那只娃娃，抑或那只娃娃化作了美菱。

美菱在清晨迫近的时候，被推出手术室。一个善意的护士告诉我，手术顺利。

也许是深受弗洛伊德思想的影响，我对梦境的线索根源及其暗示皆深信不疑，我坚信，那个简单的幻像背后隐着我意识深处的欲望或只说是期望。弗洛伊德总在强调，梦会是愿望的达成。也确实，从这个意义上，我必须对有些问题重新考虑。

天色渐亮，美菱在麻药残存的效力下熟睡。但事态的发展，已彻底打乱我的思绪。

始终，宋大卫都不曾出现。当美菱醒来，我安慰她。

而美菱却敏感地反击我，她提到了千绘。她冷冷地说："当年，大四毕业的时候，林千绘就已经知道，跟我发生关系的，并不是你。"

我冷笑，"所以呢？"

美菱些许得意。"所以，她并不爱你。她与你分手，并不是因为大四的那段风波，她根本上，爱的还是钱，而那时候的你，你一无所有，什么也给不了她。她就是一个物质女人，不管你承不承认。"

我将脸转向窗外。过往的一切，我都不想再次提及。

这座城市的黎明突然蔚为壮观，湛蓝色清澈的天空下飘着清淡的云朵，干净而凛冽。然而，随着阳光的渐进，空气中总会升腾起一层灰蒙蒙的雾霭，就如同这座城市光鲜表象之下的琐碎生活。

站在窗前，突然感到病房的门被人推动。转身看到的是，一张青涩的面孔，神情之中透出了十足的胆怯与圆滑，韩式装扮，很娘但也很漂亮。小画家在这个时候，又再复出现。

"你，现在来了？"我冷漠地问道。

"我……昨天，除了你，美菱姐不希望任何人出现在她身边，只是你。"他如此对答。

不过，美菱有些心疼地将他招唤到身边。这般突兀上演的现实，令我无法评价。

或有人这样说过，女权主义的诞生完全是因男权社会的戕害，故而很多人喜欢打着男女平等的旗号矫枉过正地渲染所谓的女权。曾经可以想象得到，美菱或者在某一天会冠冕地对我如是说："男人有钱可以肆意地玩弄女人，而女人为什么就不可以玩弄男人。"

但是，此时，美菱却给我一种复杂的感觉。

我只是知道她也无可避免地被一些潜规则所奴役，走了一条肮脏的世俗之路。她或本是这个男权社会的受害者，但她经过努力蜕变，成功地又成为了丛林世界的掠食者，她在通过不断的构筑罪恶更新罪恶从而消除罪恶。

只是，她的如是这般，却令人的内心无比湿润。

开车回去，突然感觉到一阵阵剧烈的眩晕，或者持我这般单调的人生观婚恋观的人已被日益多元的主流风气所排斥。爱情并不必要如是的纯净，婚姻也并非能够成为坚实的契约，爱情可以

作为商品进行交换，而婚姻就是这个交换的平台。有钱或者就可以被定义为优秀男人，而无论他同时拥有多少个女人。而女人也没有义务从一而终，她们也是可以随行就市另嫁他人。而在其间诸多个弱肉强食的过程之中，根本也无所谓男权或者女权，谁能有能力站在食物链的上端，谁就是主宰。

然而，我却清楚地休察到，如美菱这般的女人，走在这般的丛林之中，即使主宰，亦暗含隐痛。

卡珊，曾经以为她就那般消失，再无影迹。

然而，却在某一天里，她出现了。或者说，仅是她出现过。当我自医院回到家里，竟然觅得了卡珊浓烈的痕迹。

她将房间里洒满了香水，浓烈的 Givenchy 倾城之魅的味道，是蛊惑，亦是蛊毒。顷刻间，我仿似崩溃，明知她已然离去，却各个房间穿梭奔走，找寻她，或者找寻她另外的痕迹。

后来，我不止在找寻，更是在打砸。书房的玻璃门，又一次破碎。玻璃碴儿清脆地散落在地上，一片晶莹。记得上一次，我与卡珊便是隔着这道门争吵，卡珊将门撞破，玻璃划破了她的血管，我看到有鲜血从她的脚踝处渗出。在那一刻，我竟突兀地意识到，卡珊亦是我深埋在内心里的一种爱情。而那种爱，恰是源自于卡珊真实且暴戾地对情感的那种真实发泄。

而这一回，或许并非是我的精神产生异常，而是，我需要再一次找到那时的感觉。

因为美菱，终结了我与卡珊的情感。不管那算作是偶然是错过，还是冥冥之中就注定的生硬扯裂。

但是，我却无从再次去怪美菱。

桌面上，放置着一串钥匙。这次，恐怕卡珊是真的不会再回来了。

美菱出院，凄惨之至。当日去接她的时候，她瘫软地倒在我的怀里，哭得如同那潮湿发霉的天气。

美菱乞求道："带我回家吧。"

突然，感觉自己有了一种迫切的被需要，仅作为我迷失之后的自我找回。只是，我搀扶着美菱，踉踉跄跄地于冷雨中蹒跚，在那一刻的那般凄落的感觉，令人陌生而绝望。

终于与美菱再度生活在一起，但却无意与她发生什么，只在思绪万千。我们在一起的时候，常听过去的一些古旧唱片。

美菱洗澡后，洒满颇具诱惑性的香水，穿性感内衣，然后，在烛火下倒上酒，拼命营造久违的气氛。我固然可以找寻到一些往昔的感觉，但此刻的我已无心再行思虑这些。对于千绘与情爱，除了仇恨，我尚有难解的一些困顿。当然，还有卡珊的消失。

自美菱那日突发大出血被送往医院，直到现在出院，她的丈夫宋大卫始终都没有出现。甚或，他连她的一点消息都没有，他们彼此仿似根本就不存在于对方的世界。

不过，美菱始终不曾从那般伤害中走出来。出院后的日子，她又开始酗酒。她说。在男权社会中，女人无论如何也都是受困者，漂亮的平庸的，富有的贫瘠的，无论如何，女人都无法逃脱被伤害甚至被奴役的命运。只有什么，只有打翻这般不公平的潜规则，颠覆男女的地位，把男人玩弄于鼓掌之上，方能得到解脱。

她一番慷慨陈词过后，痛饮下杯中的烈酒。然后，用尖刻的目光盯着我，希求我与她的辩驳或者争吵。看得出来，这些话被她压抑了很久，或应该是她一直希望对我说的。

不过现实是，她始终没能把男人玩弄于鼓掌之上，莫说是宋大卫，就连那个小画家，她也不曾掌控。她在某种意义上，是全然失败的。我夺下她的酒杯，劝导道："可是，你这样，伤害不

了宋大卫，而只是伤害你自己。"

美菱点头，然后突然起身，"我，我会伤害到他的。"

她从唱机中抽出唱片，掰碎在地上，然后连同之前她留在这里的一些，统统摔落在地上，如同一种诀别。

我抱住美菱，把它们捡起。我说："美菱，你这又是何必呢，过去的，就让它过去吧，我希望你能开始一段新的人生。"

美菱突然扑到我的身上。含泪说道："我也希望，我希望，你能陪我开始这一段新的人生。如果可能的话。"

我并未立即摆脱她，只任由她如此。但我不会跟她再有什么。

她说："你知道吗。我总在听这些唱片，但我本身并不曾喜欢这些旋律，从未。只因你喜欢，所以，我总在听。"

我说："其实，你不必这样。"

她的声音显得落魄："比起宋大卫，或许，你给我的伤害更多。"

我自谓始终扮演着一个性情中的好男人角色，然而扮演到最后，却发现结局是自己谁都对不起。我顿感自己的失败。

我无助地回答美菱。好吧。或许是这样。

美菱的眼睛充溢着晶莹的泪珠，她却冲我露出一个凄惨的微笑，"我们一直小心翼翼，但你知道我为什么会突然怀孕么。"

我摇头。

"因为我想给你生一个孩子，一个能维系咱俩关系的充分理由，哪怕你始终不能够爱我。所以后来，我递给你的 condom（避孕套），都被我做了手脚，闲暇的时候，我把它们取出来，前面都剪了一个小小的口，然后再装回去，用胶水密封好，天衣无缝。"美菱的话，说得决绝。

我无助地叹了口气。

现在，美菱的苦痛挣扎以及在挣扎中的坚强，我已感知。但是，时至今日，我仍然无法去爱她。我只能寥落地去安慰她。

终于，我们抱紧。我安慰她说："你，再给我一些时间。"

不过，美菱最终也没有给我什么时间，她离开了。走的时候，应该是在夜半，我们酒醉后，我昏睡，而她有计划地令自己清醒起来，或是定了闹钟。

家里再复变得空落。

她留给我的最后一句话是这样的：

"只是，我不希望爱情最后成为一种怜悯。"她的话语冷清。

后来，我发现。她也没有回她的家。她离开了这座城市，但她并没有开车离开，那辆红色的奔驰一直停在车库，已落满灰尘。

我怕她出事，自然也是竭尽所能要找到她。我不能够真正爱她，但是，至少我可以关爱她。

美菱返回了我们那座城市。在我找到她的时候，她待在位于近郊的一所别墅里。蓬头垢面，哭诉她的悲哀。

她说，与大卫的婚姻已经到达必须崩塌的边缘。她飞回的当天，她便带人强行闯入大卫的两处住所。两个女人，一个是身高近一米八的模特，另一个则是表情无辜的大四学生。当然还有其他住所，还有其他女人，这只是其中的两个。

美菱苦笑。一个男人，偶尔出轨，被老婆撞上，那其实没有什么天崩地裂的；真正应该天崩地裂的是，无论你什么时间想抓这个男人，你总能抓到他的背叛。

美菱回到她跟大卫共同的家。大卫跟一个女人在家，更确切地说，是在床上，但他处乱不惊。

穿好衣服，大卫平静地质问美菱："你准备怎样。"

美菱突然无措，她淡淡回答："还没想好。"

大卫狂笑。

大卫嚣张至极。美菱一时确实无计可施。

最后，大卫说："没什么事儿，你就先走吧。我们最好彼此都不要打扰对方的生活。当然，美菱，你回上海，你那边也都随意，你做任何事情，我都不在意。我很公平。"

美菱说，那是她人生第一次仓皇地逃窜。她为自己的羞耻，而感到无能救赎。

说到这里，美菱拼命地挣脱开，继而自虐，她打自己的脸，用头撞墙，用尽身边一切可以伤害自己的东西。这个原本奢华的地方，被她搞得一片狼藉，如同她对待她自己。

这回费了很大的力气，我才继续抱住她。

她的脸上有了血迹，不知刚才是被什么所伤。她自嘲。我突然感觉，自己的人生，原来是如此如此的失败，原来人生还可以失败到这般田地。

我欲劝慰她，但她已经开始歇斯底里。她狂啸："人生，怎么可以失败到这般田地，怎么可能？"

她也相继用上了"可以""可能"两个词，如同某一次的卡珊，我不知道这两个词的叠加使用，于此时的美菱，又意味着什么。

美菱终于平静下来。我要说服她，带她回上海。然而，她却希望我待在这里照顾她。

她藏了很多酒。我们或可以度过一个短暂的愉快时光。爱，于如今的现实社会，或许空洞，或许虚妄，但亦是坚固的，强大的。有时候，爱，并不一定需要发生爱情。用一种关爱，给予美菱温润，她很受用。

在抱紧她的时候，我劝慰她，不要用过去，来惩罚自己。

她点头。

我说。那我带你回上海吧。

她平静地否定，"不，我还需要一点时间。"

"需要时间？你要做什么？"

沉默良久，美菱喃喃地说："悲剧从哪里开始的，就必须从哪里了结，悲剧是不可能因为另外的喜剧，而自我消亡的。"

"你是说，要跟宋大卫做个了结。离婚？你们？"我试探地问。

美菱目光呆滞，勉强作答："我们，不离婚……"

"为什么不？突然我的情绪产生变化。"我说，"既然这段婚姻令你那么绝望，你为了这些会自虐，会不断地折磨自己，为什么没有勇气结束它？"

美菱冷笑，"你不懂。"

突然，我们彼此都沉默下来。美菱这个短促的句子，令我想到了一些什么。或许，美菱与大卫，他们的婚姻不那么简单，也许不再是他们两个人的事情，或是他们两个家庭甚或是家族的事情。也或许，在美菱父母他们这般阶层里，婚姻本就是那么一个概念，只重表面而无谓内核，宋大卫与他们门当户对，或本就是他们眼中的乘龙快婿，而至于美菱是否幸福，大卫对美菱如何，那都不再重要。

冷场。美菱自怨自艾地补充说："他们，没有人站在我这一边。我只能靠自己。"

此时，我隐约清楚了美菱背后的故事。同情，却也气愤。

我冷笑，"既如此，那就看淡一些吧。你们的婚姻本身就是一个空壳，什么都没有。"

"看淡，看淡什么，看淡他在外面，养其他的女人吗？"美菱对我横眉。

对此，我只好表示无奈。毕竟，是她不肯离婚……

美菱侧脸注视了我。她冷冰冰地说："我绝不束手待毙，绝不逆来顺受。话，她说得很坚硬，似是准备从容赴死。"

终于，我也无能为力。

美菱说："你回去，让我自己来吧。我需要自己来做。我会回去的，但是，再给我些时间。"

事情发展到这个地步，我终于体察到自己的渺小与卑微。我为美菱做不了什么，承担不了，暗助不了，即使是劝慰，那亦是没有角度没有立场的。

我返回上海，同样是仓皇地逃窜，我亦感觉到自己的人生，同样悲哀，同样无助。

不过，美菱很快便有了捷报。她秘密地发给我一包东西，那是她搜集的，关于大卫的把柄。

大卫被戳中死穴。在我拿到东西的当天，他便在深夜飞过来找我。他在电话里的声音狼狈不堪，他只说，希望我们能够谈谈。

他的来意清晰如也，本应彼此心照不宣。然而，他还是不厌其烦地再度做着冗余的铺垫。谈感情，亦讲事理。

他平淡地说道："无论如何，我与美菱已经结婚。而发生在我们之间的问题，不过如同所有夫妻一样，所谓清官难断家务事。我知道你是一个明理的人，所以，我确信你不会，不会搅和在我们之间。"

我冷笑，我说："大卫，我不想搅和在你们之间。但是，看到美菱的境况不佳，我会关心，我也会忍不住帮她。"

"我知道。大卫很严肃地笑笑。上次，美菱病了，你送她去的医院。"

"是啊。联系你联系了很久，都联系不上……"

"确实谢谢你对美菱的关心和帮助。"大卫沉稳地说道，"我的工作，有我们的特殊性，很多时候，也是身不由己，这个你懂得。"

对他这番话，我厌烦之至，只是自顾自地吸烟，而无法去睬他。

但是突然，他话锋一转，瞬间逼迫了我："不过，我听说，美菱，她是因为宫外孕而大出血。"

说到这里他停顿片刻，并刻意地观察了我的表情。我确实哑口。

大卫平和地淡笑，"凌宇，你是一个热心的人，一个重感情的人，一个好人……只是，我感觉，你应该更多地劝慰美菱。"

"劝慰什么，劝慰她对你做得那些龌龊事儿无动于衷，隐忍，包容……"说起这个，我无法再淡定下去。

但是，大卫却表现得相当淡定。"兄弟，有些事情你不懂。"

大卫无奈地叹了口气，继而微笑，笑得圆滑。

"大卫，你们离婚吧。"突然，我这样说，"这样，可能对你们都好……"

宋大卫叹了一口气，目光严峻。"兄弟，婚姻是什么，并不是那么简单，那么单纯，如果我们还把婚姻看得那么单纯，认为那就是爱情的一种成果，那就太可笑了，也太可悲了。"

"大卫，"我打断他，"我不知道，婚姻在你们所谓成功男人的眼里是什么，但是在我这里，没有爱情的婚姻，那就是可悲的，我这么认为，美菱也这么认为。"

"她真的那么认为吗？"大卫反驳，"你们在一起那么久，后来你们结婚，有爱情吗？美菱真的是那么认为，她真的在婚姻中那么需要爱情吗？"

突然，我又一次无言。不可否认，大卫把我们看得很透，我，还有美菱。

"其实，在现实生活里，有多少婚姻是有爱情的，又有多少人是懂得爱情的。凌宇，你凭心而论，物欲横流的时代，现在有几个女孩是在乎爱情的，又有几个女孩是目的纯净的，大家不都是看工作看收入看家庭看背景，看一切一切的物质条件吗？大卫的话，说得慷慨激昂，也从某种意义上重叠了我的一些内心所思，彻底令我无言。所以，兄弟，对爱情，不要那么认真。有也好，

197

没有也罢。日子，还都得继续。"

对话告一段落，大卫控制了局势。他递烟给我。

大卫说："我想，美菱有时候会有一些不理智的做法，会冲动。这个，你应该了解。"

我把烟点燃，并未接茬儿。

"相信她跟你在一起的时候，也是这样，并不考虑后果。"大卫继续将话导向主题，"她会把一些事情，做到绝境。"

大卫与我面对面，隔着茶几正襟危坐，等待着我的话，他的烟被他捏在手里，尚未点燃。看得出来，此次美菱的斗争已然有些翻天覆地，大卫有些头疼。

我依然没有接话，刚刚那支烟已经被我抽尽，我按灭烟蒂，继续沉默。

大卫终于忍耐不住，他道出了今晚的主题："美菱给你邮寄了一包东西，是吗？"

"我……"

"先不要着急否认。"大卫递过第二支香烟，"我知道，你不会那么痛快地把它拿出来。"

我笑了，我在等待大卫下一步的攻势。然而，大卫的路数，我始终没有能够摸清，他比我想象得要复杂得多。大卫说："对了，有一件事，不知道你知不知道。"

我惊愕。因为大卫拿出手机，他给我看了一张照片。

照片上有一个膀大腰圆的老男人，我认得出来，那便是虹桥机场和衡山路酒吧，千绘身边的那个。而滑动手机，下一张照片，就是他跟千绘两个人的照片。于某个公开的交际场合，两人甚密。千绘用手挽着那个老男人的胳膊，行走在觥筹交错的糜烂灯影中。

大卫接下来的一系列话很具有穿透力，无限致命。

他说："不要恨她，她也只是为了摆脱一种无奈，而不得不陷入另外一种无奈之中。"他用了"无奈"这个词。

　　紧接着，他看看我，继续说："你永远都不会清楚，作为一个普通的女人，想要摆脱一段无助的婚姻，那是有多么的无助。"大卫有意在酝酿着什么气氛，这次，他又用了无助这个词。我已经隐约可以感觉到他讲述这些的用意。

　　"不过，你应该感到欣慰。"他又说，"她之所以选择摆脱，不断摆脱，从一个火坑跳入到另一个火坑。或许，都是因为你。你跟美菱结婚的那一天，她很失落。向来稳重的她，醉得一塌糊涂，后来，一个人倒在门外的角落里呕吐……"

　　大卫在一旁细致地观察着我。志在必得。他继续说道：

　　"某一个冬天，她还曾一个人跑去堕胎。大雪封路，她一个人形单影只，手术完之后走出医院，就在门口被他老公一阵暴打，雪地里，洒满了她的鲜血。"

　　看到我有些激动。大卫露出一点鄙夷的表情。"不过，在我们的那座城市，在林千绘的周围，没有人同情她，包括她的至亲。你知道吗，就在她最最孤独的时候，她的身边一个人也没有。她的父母，也没有照顾她。

　　"当然，你也可以问，她为什么不离婚。但是，如果你这样问，你就太过单纯了。有些时候，婚姻，不是你想象的那样，婚姻已经不是两个人的事情，更不是她一个人的事情，更加不是，她一个人情感上的事情，很复杂。"

　　话被大卫说到这里，暂停下来。他有意留给我思考的时间，亦是留给我疑问的时间。

　　我被困在原地，静等着他的下文。

　　大卫掏出一支烟，继续说道："这些年她承担了很多，除了承担她自己的痛苦，也承担了你们两人之间不可估量的痛苦，而这些，她没法对别人说，只能自己默默忍受，默默承担。"

听到这里，压抑在心头多年的，那般有关爱情的沉痛过往，突然被另外一种同样沉痛的方式抹掉，我似变得释然。但是现在，我能够做的，也只是悲戚地叹息。为千绘，为我们卑微而无望的爱情，为多数普通人的无助与苦痛。

大卫说得直接："凌宇，我知道你一直很爱林千绘，而且，我肯定，这些年，她也一直没放弃爱你……"

"你……你说什么？"说到这些，我有些暴躁。

"这些年，她忍辱负重，痛苦地坚持她的路，只不过，她缺少一种力量。"大卫的话，简单却清晰明了，而且话语深入浅出，很有效度。

"什么力量？"我下意识地问。

大卫似是运筹帷幄，他冲我做了个自信的手势，"我有把握。"

愣了片刻，我终于缓过神来。我说："你……你……你有什么把握……你……这……这关你什么事……"

"她自杀过。"

"什么？"我仿佛听到了生命中，迄今最为惊愕的事情，"你说什么？"

"过程，怕说出来，你承受不了。不过，如果你不相信我所说的，可以去跟其他同学求证。不是她太脆弱，是她所面对的现实，太险恶。"

大卫的话，不多，却彻底把我击垮。我感觉自己生命中的一切理念，都在无声地崩塌，包括思维，包括感觉。千绘与我的爱情，我们在冰冷现实的面前，柔弱极了。爱情或皆是如此，无论在我们自己的眼里如何伟大，在宏观的现实看来，在外人看来，其实卑微得如同蝼蚁。

我只僵在那里，竟在一时无从形容自己痛苦的感觉。与大卫的这场对话，让我深感自己所遭受的来自冰冷现实的嘲弄和奚落，我似是已然看清，在感情上我困顿和痛苦的根源，以及其背后无可逃避的必然性。

"我给你时间，两天，慢慢考虑。"

大卫刚刚取出的那支烟，被他在这个时候点燃。他离开后，我竟惊奇地看到，他吐出的烟雾仍停留在天花板上，经久不散，犹如一团致命的毒气。

而我，第一次感觉到，我的爱情，充满了血色。

致命的折磨，令我无处遁逃。

睡去，反复在做一个梦。

隧道，黑洞洞，远处有微弱的光线。可以看到脚下有冰冷的铁轨。有血与灰尘的味道。

没有人，只有我自己沉闷的脚步。似是在等待什么，又似逃避什么。隐约感觉到的是在地铁运行的隧道里，没有站台，只是黑洞洞的无尽隧道。

血腥的味道愈渐浓重，且在行走中愈发地可以看清脚下干枯的血迹，红得已然变黑。

突然看到一个女孩儿蹲在角落里，她瘦小的身体完全被黑暗所笼罩，只是那一双眼睛还在绝望中闪着惨淡的光芒。

拉她起来，在微弱的光线里看她的脸，纯净而无辜。

危险，快离开这儿。我感觉自己总在与她说到这句话。可她在与我逃离的过程中，却总在停留。没有理由。出口已然不能为我们所找到，而耳畔死亡的声音愈发浓重。

她停下来，站在轨道中央，用冰冷的眼神看我。我在焦急，亦在无奈。

轰鸣声渐近，似或刺破耳膜。突然，借着驶来列车发出的刺目灯光，看清她的脸，那是一张已然破碎的脸，鲜血正从碎裂的

颅骨间汩汩流出。于是惊醒。

被深重的恐怖所贯穿，不敢移动身体。睁开眼睛，只是看到令人窒息的黑暗，甚或脑中仍残留着大量梦中的恐惧，挥之不去。

我不得不认定，那个面容破碎的女孩，那就是我的爱情。借由卡珊曾经讲到的，她那只被母亲打碎脸面的洋娃娃，在内心极度恐惧的作用下，嫁接成这样一个梦。

此梦境深深划破我的现实，令我痛苦至极致。且总可以感觉到一般脆弱的情感折磨着我，让我始终沉浸于各色的悲剧之中，而无力逃脱。这个梦境，连同由它而衍生的现实，始终困扰着我。直至多年之后我再度结婚再度朴素生活，也未能摆脱。

爱情便如同一个迷局，有人走进去，有人走出来。进入的人怀揣着美好的愿望，陷入甜蜜的困惑，而逃出的人已获释然，亦在失去。

只是在现实面前，无论是什么，皆是悲戚的。

美菱后来给我打来电话，她笑，"东西都收到了吧。"

我说："收到。"

她有些欣慰地说："帮我保管好。宋大卫再有能耐，他的手也插不到上海去。"

"我反问她："你还好吗？""

没想到她用英语回答了我："Never better（从来没这么好过）。"语气轻快，她之前一切的哀怨和沉痛，似已飘散。她又补充道，"我会把我们的婚姻结束的。我会好好生活下去，哪怕就只是一个人。"

为美菱的现况表示欣慰，但是，显然她还不了解，我这里发生了什么。或许，我为了千绘，就有可能将她出卖，在她不知情的情况下。

不过，很快，美菱提到了这一点："宋大卫这个浑蛋，这几天，他肯定会去找你的，到时，你不会把我的那些东西交给他吧？"

我答："当然不会。"回答得虽然干脆，但我已自感底气不足。

美菱在那边试探地问道："如果，他拿一些条件引诱你，或者要挟你，比如林千绘。"

"不是，我……"我有点张目结舌。

不过，美菱并没有继续问下去，她说："我就这么一个假设，当然，我也不知道宋大卫打的什么算盘。"

"哦。"

"但是，我知道，林千绘，会是你的一个致命弱点。"最后这句话，美菱说得有些失落。

"没有，不是……"我只能这样应承着。

最后美菱这样说："谢谢你，在这个时候还能站在我这边，你是唯一一个还会站在我这边的人，虽说，现在咱俩也没什么关系了。谢谢。"

电话挂断，在浓重的酒意下，这个夜晚很早就睡去，空气黑暗冰冷且憋闷。

夜半在半睡半醒间，仿似又在反思很多无果的事情，多半让人疼痛，且在疼痛中无可奈何。美菱与大卫的斗争，女权对抗男权的斗争，无论孰是孰非，在美菱当日离开我正式打算与大卫结婚的那一时刻起，与我便扯上了不清的纠缠。而就在今晚美菱打过电话来的那个时候，脑中突然不断闪现一个美女刺客的桥段，她的美丽，还有她横尸时的惨烈。心在突然之间就被悬起，并不确定这是否可算作是一种对千绘的牵念，或是怀念。只是当时，在我这里发生了什么，皆无从说与美菱。而且，下一步我究竟如何抉择，连我自己也无法思考。

一点思考，都不能。

这个雨季结束得要比往年要早，潮湿憋闷的感觉在一夜之间便被清朗的空气一扫而光。天色放晴，然而却并不那么干净，无论如何，城市上空也似不可避免地挂着灰蒙蒙的雾霾。

深夜再度由噩梦中惊醒，我背靠沙发独自吸烟，直至天亮。或如美菱所说，人生总是酸涩的，就如同哭泣时的鼻息，痛苦且无能抑止。

第十三章
Chapter Thirteen

爱情不是空泛的概念，其本质上亦需要被证明。只是，证明或可成为一种代价而反作用于爱情，使其倒退，使其周而复始陷入无休止的惨淡轮回。

大卫的行动很快。两天之后，他不曾来找我索要答案，但他找来一个更加有分量的人。这场始终充斥着血色的迷乱游戏，被大卫玩得出神入化。不可否认，如今的现实，就是需要会玩游戏的人。而我总是太过认真。

千绘回来了，以一种逃离的方式，在深秋伊始的一个夜晚。秋雨淅沥，天色有些浑浊。

外出回来，门缝上夹了一张纸条，那是一个地址。

于是我们见面。虽然我渴望，归来的是卡珊，但我却不得不确定，那是千绘。她们两人，或许曾相像，但有着本质的区别。

千绘选择了一家偏僻的餐馆，落魄的样子就如同此时的她。凌乱的头发很随便地扎在一起，面不施粉，口唇干裂，衣着臃肿，尚带着北方的冰冷迹象。

她不曾开门见山地要求我答应大卫的条件，却是解释到了另外一件事。至于，大卫的那些事，她表现得一无所知。

"虹桥机场，那天的事，希望你能理解。"千绘的话说得冰冷。

这令我有一些迷惑，或许，她遭遇到了什么，我永远也不能够清楚。我只是回答："都那么久了，无所谓了。"

"不，不是无所谓，也不能无所谓。"千绘生硬地否定我，"那一天，其实我本来有要紧的事情跟你说。"

"你已经说过了。"我惨淡地一笑，回答道。

虽然过去很久，虽然我表现得并不在意，但关于那一天的灰色记忆，始终我都很难抹去。虹桥机场，千绘就在我面前，被一个膀大腰圆的老男人，生硬地带离。而我却无能将她留住。

千绘一愣，抬起尖刻的目光对着我。她看到了我的痛与怨恨。

我补充说："要紧的事，你已经说过了。你说，你要回去，必须要回去，有生意上的事情要处理。"

千绘略带失望地叹了口气，"你见到的那个……那个老男人，是一位我必须要面对的……一个人……"

这句话有些突兀，但是千绘或许确信我能理解到这背后的意义。我亦是叹了口气，好像千绘那般血色的世界，我永远都无法接近，没有能力接近。我很失败。

千绘继续说，但她说了其他的事情："美菱结婚，于是上次我过来，原本做了另外一个决定。只是那个决定，我，没有来得及对你说，因为……"

"因为卡珊？"

"对，因为你身边那个漂亮的女孩，你那个漂亮的女秘书……"

我突然打断千绘："如果你一定要说什么，是肯定能够说出来的，虽然，她突然出现在我们之间，但我觉得那并不影响……"

千绘亦突然打断了我："她的出现，于是我改变主意了。"

"什么？"我似是已经感觉到千绘的话，带出了那个事件或那一系列事件的某些隐衷。我问："那天，你究竟想要说什么，你，究竟做了什么决定？"

"那些，对于现在的我们，都已经不再重要。"千绘回答得洒脱，"其实，我只是希望，你能够理解我，理解我那天的苦衷……"

我可以理解你一直以来的苦衷。突然，我承接了这样一句话，我希望把我们的对话推向高潮，亦是希望能够解开我与千绘之间的一切疑团，虽然我仿佛已经明白，她所谓做出的决定，是什么。但我，并不敢自信地定义。

千绘怔住。然而之后的她，突然并无意再说下去。持久的沉默，令人窒息。

我被迫选择了别的话题，我继续问道了上次的事，我说："上

一次丰田车坠江的事件，最后怎么样？"

问道这里，千绘突然露出一丝异样的目光。

我继续解释说："我想，那个事件没有那么容易就了结吧，你说过，那辆车里的人，是跟踪你的……我，在我这边，我也在通过某些关系了解那个事件，但是始终没有什么结果……"

"是。没有结果。"千绘叹了口气，"不过，你还惦念着这件事情，我很感动。"

场面突然冷起来，千绘的话，在加深着我们的距离。我继续刨根问底："那，最终……你……"

"最终，那个事件以普通的交通事件告一段落，不过，那个事件打草惊蛇，所以，那个人，他来了上海，一定要带我回去。"现在的千绘，终于愿意跟我讲一些内情了。

"什么意思？"

"他要以此挟制我，当然是……"千绘说得很无奈。沉默少顷，她突然拿起了酒杯。

"哦。原来是这样，你回去，是这样被迫的。"我沉重地说。

千绘苦笑，"这样说，是不是，你可以理解我了，谅解我了。"

场面尴尬，而我突然有些口不择言，令场面险些无法收拾。我突然这样问："这个老男人，关于他的事，你老公怎么看？"

问到这里，谈话终止。

突然，她脸色骤变，然后起身离开，跑进窗外的雨里。

"千绘……"我追她。

可在她跑出餐馆的时候，她生硬地将我挡在里面，她说："有你理解，就足够了。你回去吧，不要再来跟着我。"

"哎……你怎么了，你……"我只是随便问。我跟她一起跑到雨里，奋力地拉住她。

她在雨中挣扎，情绪突然崩溃，"你以为我愿意这样？愿意跟一个恶心的老男人在一起？你不知道，我是无奈吗？你不知道，我是从一种无奈中，被迫地又陷入到另外一种无奈中吗？你以为我不想摆脱那样的婚姻？你以为我过得很好吗？"

　　我冲过去，试图抱住她，"我知道，我知道，我都听说了，我……听说了，所以才问，我想关心你，所以才问的……我……有些问得不合适了。"

　　"到现在才来问我这些问题，到现在才知道关心我，我看，如果不是这次宋大卫来找你，你也不会想要关注我，关注我那些身后的东西……"

　　"我不是没有关注你，我是……"

　　"没错，很多事情，我是在刻意地不令你知道，我自己的一些事情，我不希望让你也卷进来。但是，但凡你有要关注我的心，你不会不知道，不会一无所知的。千绘狂躁地挣脱开我，歇斯底里地怒吼起来。凌宇，你的世界里，永远都只是诗词歌赋，风花雪月，你永远都是自己一个人的雅致，一个人的纯粹……"

　　千绘的话，突然令我无言。在冷雨中，我只能奋力地抱住她。

　　"而我……"千绘继续狂怒着，"我在你眼里，永远都是一个物质女人。"

　　"不，不是的，我……"

　　"不是，哈哈。"千绘大声苦笑，"你刚才不是想问，我跟那个老男人一起，我老公怎么看吗？我来跟你讲一个新鲜事。你知道什么叫作精英聚会吗，你知道现在这些有钱人都在玩什么吗，精英聚会，就是这帮浑蛋聚在一起，聚众淫乱，交换情人，甚至交换老婆。这就是精英，你懂吗？"

　　面对千绘突入其来的发泄，我着实感到苦痛不堪，我有愧疚，

当然，亦夹杂着一种失落，或是失败。

千绘的发泄，还没有结束。她继续大喊着："你刚才问，我老公怎么看？我跟那个老男人在一起，他就是这么看！你明白了吗？"

"那你为什么不选择离开？"我的气愤已然让我不能自已。或许我在感慨，当多数物质女人如飞蛾扑火一般壮丽地冲破传统道德的束缚，将自己投入到一段不存在真爱的婚姻之中，她们或都未曾预见到当自己青春已逝容颜不再没有什么筹码再继续赌局的时候，那些为她们提供优厚物质享受的男人们是否还会再有理由为她们无偿供给这些。浅显的道理，为什么多数女人难能悟到，或她们总是带着灰姑娘那般的虚幻梦境让自己沉溺在对物质享受的无限意淫之间，自得其乐。

不过，很快我便自感羞耻起来。千绘堕入这般火坑，但我却无能救她。无论是从一开始，还是现在。

"我想过离开。也努力过。然而片刻，她将愤恨指向了我。而你……这些年来，你除了指责和憎恨，你做过什么，你为我做过什么……"

听到这里，我的心理防线突然崩塌。爱情作为一个概念，在现实当中，已经变得羞耻。我确实，什么也没有做。

冷雨突然猛烈，千绘也突然平静下来。

我松开千绘，木然地站在那里。千绘也终于痛哭起来，哭了很久，她低声地喃喃自语："我真不知道，这些年来，自己怎么还会一直爱着你。"

她于沉重的雨中离去，我无法阻拦。

或许，我真的应该为千绘做些什么。犹如我应该为我的爱情。

深夜，我再次陷入那个最近才有的沉痛梦境。阴暗的隧道里，面部破碎的女孩，我的爱情。确实，她在迷失，在破碎，在需要人的解救。

可是，当我再次见到千绘的时候，我已不确定该如何面对，是同情，是爱怜，是冷眼相对，还是鄙夷，我已无法判断。无论如何，她的到来总带有一种不太洁净的色彩。或许，我可以满足她的要求，满足大卫，重拾我和她的真情，然而，那就意味着我之于美菱的背信，牺牲她，来换取我们的幸福。

千绘喝掉了很多酒，她在不停地诅咒生活，诅咒她的老公。突然她如骂街的泼妇一样，揭露他老公与别人互换情人等种种见不得人的勾当。她的这般遭遇被她以这样的方式倾倒出来，就如同爬满疽虫呕吐物，令人不堪。

始终，千绘都并不曾要求我做什么。她都只是喝酒、谩骂、发泄，当然，或许这也是一种渲染。她不曾再度责问我，迁怒我，白日的时候，时而心境平和，我们读书、饮茶，聊聊艺术，偶尔我开车出去带她去看画展，听音乐会。

只是，无论如何，我的心情、心境也随她的此番，沉重，痛苦不堪。现实好像揭开了一个我从不曾考虑到的谜底，而这个谜底如同黑洞，吞噬着我的信念，甚或灵魂。令我与纠结的现实下，不知所谓。

这些日子，千绘即是如此，住在我这里。无人言爱，亦无人言欢，平和，亦暴戾，我们在痛苦中经历爱情与往昔的崩塌。

不过，终于有一天，千绘似是接到了什么消息。

转过头，她笑得有些惨淡。

我问她："发生了什么。"

　　她笑而不语，她说："其实，是我不好，一直以来我，对你隐瞒了很多，是我把自己固执地封闭起来。我不想让你知道，所以……"

　　说到这里，千绘似是流露出一种暗含爱意的感情。她走到我身边。"所以说，也不能怪你不关心我，不关注我，不了解我。我没有对你打开那扇门，我不愿意让你看到我这里那些肮脏的东西。我只是希望，把自己优雅的一面，自己生命中优雅的那些东西，只是那些，留给你看。"

　　我微微抱她，我说："有情人之间，无论是优雅的，肮脏的，都应该一起承担。"

　　突然，千绘转过身来，面对面，她紧紧地抱住我。

　　我抱紧她。我想要安慰她。

　　但是她，并没有让我开口。她说："听，听外面的雨声。"

　　此刻，我才意识到外面的雨，外面的冷涩。只是窗内的我们，暂时是温暖的。

　　外面的雨声愈渐大了起来，点点滴滴，似乎都在敲击着我们的心灵。

　　我不相信，爱情于真实的空气里永远都是悲哀的。我们相吻。她的头发散落在我的肩头，像是一团妩媚而温和的火焰，但她的指甲却似一种尖锐的利器，隔着衣服已经刺破了我的皮肤……

　　千绘所言。真爱，即是我们各自都带着现实的疼痛，交由对方。

　　现在，我们爱了。

　　然而。就在我们绝对真实地面对彼此的时候，我的激情却在瞬间缄默了，我不知道为什么自己突然没有了那种力量来维持我所需要的动态和热度。就这样静默地抱着千绘纤瘦修长而洁白如玉的身体，我的全身充满了冷汗。

千绘归来的这些时日，我们并未曾亲近。一切陌生一切疏离皆于此刻化成绝望的气息，被我们捕捉，将我们撕裂。僵硬地躺在沙发上，感觉自己已锈迹斑斑，如末日一般不可逆的审判坠入我的脑海，让我毁灭。

雨声倾袭到玻璃上，那极其遥远而又仿佛响在我内心深处的噼噼啪啪声音似是一种清醒的理智把我推向了一个冰冷的世界。突然我开始相信，冰冷现实中的爱情，那个为千绘所描述成荒芜且绝望的旋律，并非幻听，它确实响在四围，响在我们爱情的真空里。所谓真爱，或只是我的幻想和悲哀，无论是生命之轻，还是生命之重。我突然丧失爱的能力。

千绘亲吻我。由她的舌尖送到我唇上的酥润和芬芳，依旧如故。然而我的神经，却在凝固，在结晶。

现实中的死寂就在此时凝聚起来，成为我们时空中一成不变的主题，它统治着我们的思维和快感，让它们沉默让它们僵化，让它们在愈渐冰冷的过程中一点一点走向灭亡。

美菱的东西，我不曾交出去。

这不是一个抉择。我只是做了自己认为对的事情，自己认为应该发生的事情。

千绘离开了。就在那个冷雨夜之后，她，除了留下一些气息，不曾再有什么。一切又再复归于平静。

情感缺失的日子为人增益空虚，或使人联想到自杀或让人更加坚忍。卡珊走后，空洞的屋子里死一般的寂静，美菱离开后，我亦是再复经历了一次失去的感觉，而现在，是千绘。或我经历的不再是普通的空虚与寂寞，那是确确实实的失去，是我爱情的迷失与消亡。

筋疲力尽。生活亦或被我搞得如此这般。

冬雨来临，一切皆被搞得湿漉漉的，人的心情与情感，亦然。突然接到一个突兀的电话，Artemis。握着手机，迟迟在犹豫要不要接听。

电话接通，听得到的只是静静的雨声。想象她的样子。似是站在雨里，衣服湿透，冷漠的神情如同茫茫的骤雨，灰雾蒙蒙。

在电话里静默很久，最后她也只是说出了一个地址。

突然感觉，在我身上，总是如此发生这般雷同的情节，反反复复，就如同西西弗斯的石头。

一直在犹豫，甚至曾想到不再出现，然而突然之间又感觉到心头一些陈旧的东西被再度点燃，疼痛且伴有期待。我忆及了那个阴暗的下午，地下停车场，丰田车……

于是，我强迫自己开车出去，并最终在江边找到她。

我看到的是一张憔悴的脸，她被暴雨侵透，头发凌乱，心境残破不堪。

行驶在湿漉漉的高架路上，雨刷在狂躁地摆着，四周尽便是浓重的雨声。Artemis不语，只默默地看着前方。

她拒绝去酒吧去咖啡厅去一切有陌生人的地方，最终我把她带回家。

她只说她自己在挣扎，痛苦且狼狈，但却始终不曾告诉我她因何挣扎。洗澡，然后喝酒，一人喝掉两瓶芝华士。

酒后，她谩骂生活，谩骂现实。她否定真爱的存在，并迫切地需要我的赞同。她始终在谩骂，但言语中却透露出罕见的自然与纯净，她给我一个不加掩饰的真实自我。然而，她却始终不曾告诉我她的故事。那将是一段怎样的经历，至今我仍不得而知。

她说："生活没有抉择，所谓抉择只是在逼迫下的二难选择。

无论结果如何，都是被迫的，没有自由的存在。"

她说："世间不存在爱情，爱情是空洞的幻想，是精神病歇斯底里的臆想。于多数人而言，爱情是海市蜃楼，是虚幻的概念，是悱恻的传言，是有钱人的游戏，是奢侈品。"

然后她这样谩骂道："是他妈的我永远也买不起的爱马仕。"

不可否认，有些东西她说得对。我不能对答。最终她倒在沙发上，昏然睡去，而我坐在一边守她到天亮。始终，无论安慰还是解答，我并无从给她，这段时间，我本身也正处于一般寥落的状态。千绘已离去，卡珊亦离去，一切都糟糕得不能再糟糕。

而 Artemis 恰于此时出现，并行地上演为情感所缠绕的故事，或似为我的一切经过做着戏谑的总结。

宿醉过后，Artemis 的脸上布满扭曲的倦容，我甚至可以清楚地看到她眉宇之间对生活对现实的深深憎恨。

我突然明白，无论美菱也好，千绘也好，抑或是卡珊，为何情节雷同地在迷失，在深醉，在咒骂现实……并不是偶然，并不是刻意地相似，而是因为我们确确实实都共同地生活在同样的现实之中，面对同样的丛林规则。

清晨时分起来，我们无语相对，只冷漠地观察对方。Artemis 去卫生间，简单洗漱，而后拢好头发，径直离去。我们都无能在说些什么。

我想，或我们已然在情感的困境中获悉彼此，故一切肤浅的话，都毋需多言。Artemis 推门离开，突然回眸，露出一个漠然的笑靥，冰冷而苍白。然而，这却让我深入地感受到了一丝真切的情感。仿佛就发生在我们之间。

爱情，究竟是怎样的，我终于有些迷乱。

只是，现在我仿佛可以隐约感觉到，我的爱情，将无法再度回来。

冬日的城市里，繁华的背后也能看得出分明的萧条。光秃秃的树枝上，偶尔落脚的鸟儿叫得已经有了些疲倦和慵懒，冬日那颓废的瘟疫也在侵染着它们。跟我们那座北方小城不同，这里的冬天湿冷极了，来自江海里的湿气会配合着寒冷一起影响着我们。偶尔或淅沥沥下上几场小雨，气氛如同女人的忧伤低泣，整个城市被渲染得脆弱。

独自出门，并无目的。在拥挤窄仄的古旧巷道间找寻一丝萧条和疮痍，以慰自身的伤感和寂寥。

只是，突然，一个陌生的电话致我突兀地返回了我们那座北方小城。千绘出事了。

北方的冬日，酷寒无比，朔风呼啸在坚硬的土地上，给人一种冰冷绝望的感觉。钻进车里，打开暖风，却是仍然无法抵挡这座城市给我的冰冷，我，还有千绘，我们的悲戚遭遇统统于这个时刻悄然袭来，刺骨之至。

当我刚刚回到阔别多年的那座小城，行驶在那条多年不变的道路上面的时候，一辆白色的保时捷疯狂地由一侧变道插进来，将我逼停。

情况突兀，然而，情节却有些惊人的相似。

保时捷停稳，从上面走下来一个带着幽怨眼神的漂亮女人。那，是美菱。

我惊讶。但是，我可以隐约想到，大卫与她的战争，已经到了白热化，他们彼此自然是不会放掉任何一点有用的信息。

我走上前，或可感觉到将要发生的事情。

而美菱的表情略有些扭曲，她冷冷地问："怎么，回来了？"

"我……我来处理一点事情。"现在，我只能如此敷衍。

"现在，你这是要去哪儿？"美菱步步紧逼。

"我……去……我去办点私事。"我感觉自己无路可退，甚至，我不敢正视美菱的眼睛。

"什么私事，去哪儿办？"美菱的眼神露出严重的敌意，我知道，与大卫的这场战争，使她如此。

终于被逼得哑口。我们彼此冷对。

美菱鄙夷地微叹，"是去见林千绘吧。"

我知道终将无法瞒过她，于是点头，继而反问她："对，听说她出事了。"

"这么多年了，无论如何，你还是这么关心她，你知道她现在跟……一个老男人在一起吗？"美菱忿忿地说。

我坦诚地回答美菱："她，有她的苦衷，有她的苦痛，我很理解，况且，这也是我跟她的事……"

"现在，不是了。"美菱没有如同以前一般，恣意动怒，这次，她很沉静。

"什么？"

她说："这件事情，现在也跟我有关。宋大卫找过你，他会不择手段地逼你交出那些东西，他在利用你的软肋，林千绘就是你的软肋。"

"我……"其实，这个时候，我很想告诉美菱，大卫去找过我，而千绘也去找过我，我的情感，我的信念，甚至我的整个世界都产生了巨大的波动。可谓是天翻地覆，我可以为了爱情而不顾一切，我也可以为了一些正义同样不顾一切，但是最终，你沈美菱给我的那些东西，我没有交出。

记得我们一起生活的时候，常看美剧里面说到的一句话，我只是做了自己认为对的事情，自己认为应该发生的事情。

然而，这些话在我脑中徘徊良久，却始终没有被我说出。

最后，美菱说："如果，我要求你，不要去见林千绘，你……会答应吗？"

我矛盾至极，我亦是怕再度伤害到美菱。但是，当下我只能摇摇头。我说："我必须要去见她。但是，我只是去了解，我会随后请我熟悉的律师，来帮我处理这件事。"

美菱失落地走开，不再说什么。自她最后所流露出的那般表情看，她失望极了，她似是确定，我见到林千绘，必然会沦丧。

在一番周折之后，最终见到千绘，北风呼啸，天色阴沉。位于城郊的女子看守所，犹若荒丘上的古堡。千绘的衣着单薄，神色憔悴。见到我，她的表情淡漠，空洞的眼神定格在我的身上，却无任何变化。

我问她："发生了什么？"

她避而不答，只说一切尚好。

说了很多话，有空洞的例行问候，亦有虚无的暂时劝慰。千绘不为所动，依旧淡漠。哪怕她可以明确地试图说服我或者干脆要求我，站在她这一边，把东西交给大卫。但是她没有。她亦始终没有表达，她的一切状况。究竟因为什么进到这里来，究竟是否跟宋大卫有关，她什么都不曾提起。

这让我无措。只是这般情境下，我尚无能表达，我对她仍旧怀揣的牵念，抑或是爱意。且我并不确定这是否来源于伤痛的遗忘抑或美菱的渗透。

我明确问她。反复问。她依旧木然。她只是冷冷地告诉我，不要再来，也不要再等。我们永远不会在一起。

　　我自责至极，我似是可以隐约感觉到，千绘沉默的痛责。她似是在说，如果你还关心我，为什么不把那些东西交给宋大卫呢？当然，感觉到的，甚至还有她的哀怨。她在怨恨我，关于我与美菱的这个抉择，你始终还是没能选择我！

　　确实，这个是一个，有关千绘和美菱的痛苦抉择。或许，现在是我应该直面的时候了，无论我的无序纠结，我的苦痛挣扎，都已经到达边缘。

　　不过，千绘真的什么也没有说，什么情感也不曾表达，甚至眼神里面，一丁点儿的痛责和幽怨都没有。她很平静。

　　最后离开时。她方才流露出一丝感情。她对我说："我不配拥有你的爱。"

　　我只问道："当年，对于当年，你能否给我一个答案。"

　　她沉默了很久,话说得沉重沉痛,但是依然平静。她说："That's my destiny.（我清楚地理解到，她要表达的是，她的选择，那是她必须要担负的，所谓宿命。）"

　　转身离去，她消瘦的背影突然映刻在我的脑海里，痛感锥心。

　　走出看守所的时候，我的眼睛已经湿润。不是她不配拥有我的爱，而是，我不配拥有她的爱。

　　此次我们相会的苍凉让我感到不安，我甚至突然无法想象我们之间已然被她证实的悲壮爱情。直至我在这里逗留的最后一天，听到一条突兀的消息，我方可确切体察到千绘之前那种木然与无望的感受。

　　千绘入狱的消息传至家中，其父突发心梗死亡。

　　突然无法原谅自己。不曾想到，自己固执的对与错，会带来

如此这般的蝴蝶效应，悲剧已被渗透至结局的角角落落。确如我所言，在丛林世界坚不可摧的食物链中，弱者总是难逃被虐食的悲剧命运。正义，亦总是与自己带来新的不义。

费尽周折，再度找到律师。他冰冷，有些为难。

他简单说，事儿不大，但比较麻烦。

我不太确定他这句话的隐义，但是我决定，不惜一切代价。包括我个人的道德与尊严。

我动用了个人的一切关系，同时拿出了所有积蓄，如果不够，我还可以把上海的房子卖掉，把我的车卖掉。在很多人都用钱来做事的规则下，我终于为了千绘，终于不得不如此。

千绘赢了。她的战争，她以她的方式获得了公义。只不过，庆功的红酒，或就是她自己的鲜血。

她以飞蛾扑火般的执念，试图冲破丛林的规则。是涅槃，亦是牺牲。但或许，作为祭祀的羔羊，她在舔舐着自己沾染残血的那点滴神圣。

千绘摆脱了她的老公，摆脱了她身边的老男人，摆脱了无望的婚姻，亦摆脱了阴暗现实中无望婚姻的丛林法则。

爱情，生活，乃至生命本身，在被动的为血色侵染之后，其实留给我们的，只能是无可奈何的仇恨。

于一个阴沉的下午，我返回上海。我要卖掉我的房子。无论我的爱情，还存不存在，可不可能存在。

第十四章
Chapter Fourteen

爱情游走于现实生活之中，可以被演化为谈判演化为交易演化为激烈的对抗演化为制约和平衡，甚或仇恨和罪恶。

一个泥泞的夜晚，心情低落。

整整一天，外面都在下着冰冷的雨，我站在窗前就可以清楚地感到，雨给人们的是一种清醒的孤寂与失望。而长久地把自己置于一种无望的虚空中，丝毫不能体会作为一种存在物的意义，更无从论及情感。

美菱的出现令我意外。她沐雨而来，湿漉漉的长发披散开来，略显仓皇。

颇有惊讶，正欲问起，却被美菱的突兀言语逼得语塞。她只说："我终于，跟大卫离婚。"语速平和，却暗含激烈。

其实，如果美菱能够真正从她那段失败且带有浓重悲剧色彩的婚姻中走出来，我应该是为她感到欣慰的。但是，她的话，她的表情，却令我无能说出应该说的话。我隐约地感觉到，或许在她身上发生了什么事。

美菱之后的话，沉痛极了。"我输了。"她说。

身体伴着思维突然僵固，本能地看到石英钟，恰是一个普遍的冬夜的九点钟。唱机正在响动，近来总是在听小野丽莎的爵士乐，那般旋律就形如干涸并闲适的生活。

与美菱面对面站立，可以清晰嗅到自她身上散发出的魅惑味道，那般被雨水侵染的香水味到，似有让我想到爱情的感觉。

"美菱，你……我……"

我想要问清发生了什么，却被她强行阻住。她突然激烈地说："什么都不要说了，事情已经这样了。只是，现在，你……你能……跟我在一起吗，跟我在一起，不要婚姻不要爱情，仅仅是陪伴，仅仅是陪伴……"

声音被她从激烈当中，越说越小，而最后一句几乎成了她的喃喃自语。美菱静默地看着我，目光中闪烁着悲戚的期许。她似在说。我们总在纠缠，总在哀怨，而这一次，我们能否不再那般。

从幻听中回复于现实，窗外的沙沙雨声，以及室内寂寞空气中飘荡的慵懒旋律，皆成为爱情觉醒的触媒。由是顿悟一个概念，人的一生，时光流转，如波涛起起伏伏，而情爱亦然，无声息地沉没并非意味着其无从再行汹涌。

"我现在，没有人可以……依靠……"美菱的声音，凄惨至极。她想要扑入我的怀中，然而，一时却又表现出没有自信的怯懦。

突然，我抱紧美菱，近乎疯狂地亲吻她。我知道，无论是曾经，还是现在，我给予她的，着实很少。

而她呢子大衣上沾染的水滴，透过睡袍被我感知，情爱在此一刻突然存在得分外真实。

生活变得寥落，突然发现，现在家里没有了酒，只剩一瓶普通的芝华士。

然而，如是的冷涩之中，我们却不失温暖。

美菱这样说。这件事，她下了相当大的决心。现在的她，输得一无所有。只是，她现在不确定，还能不能拥有我。

这个夜晚注定不可能平静，因为预感，这或许将是我们的最后一夜。我如实告诉美菱。我要卖掉房子，为了千绘。

"什么？"美菱得知这个消息，除了些许带着自怨自艾的惊讶，她没有再表示出什么。矛盾或许一直占据着她的内心，让她在对立中难能统一。

对着有些昏暗的灯光，美菱在落泪。

我的自责、我的歉疚，愈渐浓重地在我的心头浮出，并且伴随着心的冰冷，吞噬着我的生命。但是现在，我只能如此。

"美菱，我要把房子卖掉，只是因为千绘，不管通过什么方式，我要帮她。我不知道，这算不算是一种解释。"

美菱还在默默地流着泪。此刻，我终于看到了那般闪着光芒的晶莹泪珠，看到它滑落的过程、破碎的过程。在静默中而生，在静默中而去。

"你来上海，自己苦苦奋斗那么多年……"带着泪水，美菱如是说着。她似是在为我而感伤，为我而哭。

"别说了。"我打断美菱，"无论如何，现在，我必须如此。"

酒杯中的芝华士，我们谁也没有动。这暗黄色的透明液体平静地摆在那里，就像是我们彼此沉郁的意识。绝对的寂静会导致过度的忧伤，甚至出现死亡的阴影。

"你这样做，你值得吗？"美菱含泪冷笑，"你确定她……你们……之间……"

我亦是冰冷地打断她："她值得，我不确定她如何，也不确定我们会如何，但我确定，她值得，她值得我为她做这一切。而且，我必须要做这一切。"

风暴来临前飘在空中的浓重咸味已在屋里弥散开来，飓风卷着狂浪在一点一点地迫近。风声雨声石英钟的滴答声，加上美菱的泪水滑落下来滴在餐桌上发出的破碎声，声声响在我的思维里，化作一种谴责或是一种疼痛，深入地渗透到我的神经之中……

美菱生硬地打断我，突然变得暴戾，"帮她，事到如今你还不忘帮她，她有什么值得你为她这样……"

在沉寂无言许久之后，美菱愤然。她把餐桌上的东西统统推倒在地上，椅子掀翻，砸了身边她能够触及的东西。她恶毒地说道:"你始终把她当成是你的爱情。但是，她却没有选择你，她背叛你……她跟别的男人……她跟不同的男人……"

听到这里，我此刻的错综心情无以言表，有悔有恨亦有无奈，而对于美菱那般无从感知的邪恶，我永远都无所适从。我只说："别说了。我且不论对她爱与不爱，总之，我的爱，与你无关……"

美菱突然放弃暴戾，随即泪水剧烈地自眼角涌出。我的话，伤及她的骨髓。

把美菱抱在怀里，她只是无声地暗泣，并无言语。

突然联想到，美菱住院时苍白的脸庞，联想到她的受伤，她的无助，以及她对我的依存，不由地心绪绵软起来。与美菱，我们之间总是如此混乱，时而有扯不清的片刻温馨，时而又在激烈的对抗之中探究彼此人性中最恶劣的那一面。没有理念甚或没有概念，只是如此这般混乱之至。

"抱紧我，但不要碰我。"美菱低泣。

无劝无安慰，我只是冷漠和沉默，亦只能如此。

许久，美菱起身拿出酒，我任由她。

后来，美菱有了醉意。并且之后，她一直在喋喋不休地诉说着心里的压抑。

"你知道吗，我有无数个失眠的夜晚，记忆里全部都是你的影子，一段一段，真实真切却无能触及，黑暗中充斥着想要自杀的空气。

"你知道吗，上一次宫外孕手术，孤单地面对着煞白的四壁，深重的痛觉让自己不断地绝望，我是多么渴望见到你，我……"

美菱说得很委屈，很凄惨。她的声音在深深地谴责着我的内心，动摇并蛊惑着我的意志。

我想要忘记你，彻彻底底地忘记你，不想你的声音，不想你的面容，甚至，不去想你的温度。美菱的眼眶里闪烁着一些晶莹

的东西，它们在滚动着，游移不定。把最后一杯酒喝干，她接着说道："可是，可是，我根本就做不到，我，我做不到。一闭上眼，就满是你的影子，满是你的声音，关于你的记忆在折磨着我，即使是梦境，也全都是你的痕迹……"

爱情，本就是自私的。宣扬爱一个人就要成全他的幸福，纯属扯淡。平生最为痛恨的就是《双城记》的那般情节，爱一个人，就应该牺牲自己而成全他与他爱的人。那不是爱的真实本质。你总是在讲，真爱是两个人灵与肉的和谐与统一，试问为成全第三个人，而两个人相对于彼此存在的关系都没有了，谈什么真爱。

无论你说它险恶也好卑鄙也罢，这是我真实的爱。我的爱，首先就是要构建在我们两个人固定关系的基础上，仅存在于我们两个人之间。

美菱的一些话，我确表示认可，且让我不断地产生尖刻的反思。突然发现，自己的一些坚固的防线开始垮塌，只因支撑它的一些深重的仇恨情绪愈渐褪色。

我把她紧抱在怀里，轻轻地帮她擦拭着眼泪。始终，对于她的理念，我无可评价。

"我爱你，我爱你，我爱你……"各种音调，各种感情，这三个字，美菱说了十九遍。我清楚地替她数着。

"我不是一个工于心计的女人，从不。但是，为了林千绘，你有没有考虑我的感受，你有没有在意我的处境？"美菱的酒洒在身上，混合了之前她身上那般带着潮湿的浓重芬芳，产生一种令人心伤的味道。

在一种暗含理亏与怜惜的混沌情绪下，我思索着，应当如何解决我心底深藏已久的那种破碎的或亦肮脏的情感。

突然，美菱的酒意发作。她把酒杯丢掷在地上，"为了她，你背叛我！背叛你做人最起码的原则！"

"你……说什么……"虽然是在迷乱之中，但是我隐约可以感觉到美菱的所指，亦隐约可以明白她暴戾的源头，"你说……我背叛你……"

"难道不算是背叛吗？我那么信任你，我把你当成这个世界上，唯一可以托付的人，我以为你跟我站在一边。可是呢，你回去，见了一趟林千绘，你马上就变了，她就对你那么重要！"美菱用无比犀利的目光对着我，我可以清晰看到她的脸庞上还遗留着刚刚干枯的泪痕。

"美菱，你……等等……你误会我了吧，你是不是以为，我为了千绘，把你给我的东西，交给了大卫？"

"怎么，你……你想否认吗？你……事情都到了这个地步，你还否认……"

"我没有！"我也突然变得暴戾。这段时间，确实，我挣扎了很多，在知晓千绘的故事，知晓千绘的状况，在看守所得见她清瘦的身影，还有惨白的脸庞……我一直在沉重的痛苦中挣扎，我想要用尽一切办法帮助千绘解救千绘。然而，始终，我都未曾背信弃义，美菱的东西，我从未想过要交出来给宋大卫。我做了自己认为对的事情，自己认为应该发生的事情。

"你没有？你说什么？你没有！那你，现在拿出来！"美菱显然不会再信任我。原来，从她到这里来，就一直误认为我出卖了她，把她的东西给了大卫。只不过，现在，她才刚刚言明。她原本，并不想言明，她在压抑。她只想简单地翻过这一页。

"我……我没放在身边……不过，你等着，我可以现在马上去取。"现在，我要做的，是必须澄清，不是为了我，不是为了千绘，而恰恰是为了美菱。我要给她一个安慰，让她知道，无论如何，

我们之间至少有一种不是爱情的感情存在。

"哈哈，算了吧。不必再装……"美菱鄙夷地笑笑，笑得无望。

"我……我现在就去拿。"我迅速离开家。把美菱留在那里，并未再度说什么。

而当我最终关上门的那一刻，似是听到美菱在里面若有若无的声音。她说，无所谓了。

因为，我猜想到，宋大卫或许会无所不用其极地得到那些东西，我也并不确定他会最终把事情做到什么地步。所以，我转移了美菱的包裹。转移到一个大卫永远不可能找到的地方——卡珊之前租住的房子。因为卡珊的东西一直没有清理，所以，房子我也一直没有帮她退掉。

深夜驱车，第一次感觉到上海迷醉之夜里，灯火的凄厉。

我不确定，在这座城市，我还可以漂流多久。眼下，我也无暇在意这些。我有逼迫我去做的很多事。

不过，置身于深邃的夜幕下，我似是可以让自己更加清晰，亦是在这种清晰下，我体察到些许安慰。我没有背叛美菱，我做了正确的事情。我做了自己认为对的事情，自己认为应该发生的事情。

然而，只是当我带着那些东西回去之后，美菱已经悄然离开。

餐桌的花瓶下压着美菱的字条。那一定是美菱伤痛心情的写照。字条上还有泪水干过之后留下的痕迹。美菱真实的内心独白里，字里行间都透出了她诚挚的情感和忧伤的苦楚，她极力渲染着一种凄凉的气氛，像是在无奈中以一种楚楚可怜的境况来寻求解脱。她提到了死亡，她把死亡跟爱情写在了一起。

看到这些，自感心绪在颤抖。相处多年，亦从未认知到美菱的这一面。

她刻意要与我讲清楚，与身边每个男人的交往细节，宋大卫，小画家，还有为我所不知的一个上戏小男生。但她坚决否认与此三人发生真正意义上的关系，她立誓来保证自己的洁净。言语激烈且痛苦，目的鲜明，但我却无法知晓她目的背后的真正企图。

后面，美菱如是作结。无所谓了。

之前，我离开的时候。她是这样说的。比起对大卫的复仇，或许她更期求，一个留在她身边的人，给她安慰。

倒上一杯浓酒，把自己置于冬日惨淡的清晨之下，透过古旧的窗格看外面颓败的世界，感到生命在搁浅。数个月的迷乱与疼痛，只感觉时间在生活中混沌地流动，情感世界也似是而搁置一边。只是，爱情于这种被动之下，却突然清晰起来，愈是接近真相，愈是疼痛。

美菱就此消失，并在之后再无与我相见。当我在大约一年多之后回到我们那座北方小城时，得到她与宋大卫当年离婚的传闻，我方知道她做出那般抉择，着实不易。他们的婚姻解体，引发的余波，令两个家庭都饱受重创。

日后很久，我们于微博上互粉。虽未表明身份，但一条微博让我确定那便是她。她说，曾经，我尚未弄清爱情，却迫切去爱，故并无法知晓何为自己所爱。

下面一张照片，拍的是爱琴海畔圣托里尼岛上的蓝顶小房子。照片下面空白处手书：于浪漫的爱情之地，一个人。

千绘获释。但却销声匿迹，没有人知道她去了哪里。而于我，心头除了愤恨与无助，不再有别的。

最早得知这个消息，还是通过宋大卫。

那个下午，是一个阳光明媚，却极其寒冷的冬日。那天，我在外滩喝咖啡，透过玻璃窗看外面行色匆匆的时尚人群，并计划着如何离开上海。

走出咖啡馆的时候，突然在街头与一个熟悉的身影擦肩而过。竟是卡珊。回过头来，我看到她也正在游移中回首。

可是我怎么找，也找不到的卡珊。原本以为，她就这样消失了。不曾想到，她还在上海。

偶遇她，激动得难以自已。甚至不知我们的记忆，当从何时开始。

然而，正是千言万语之时，却被迫戛然而止。她身边还有另一个男人，他也转过身来，卡珊顺势挎着他。

未及看到我的愕然，他便先用带有着浓重口音的日语对卡珊说道："他是什么人？"

这个男人有些苍老，大约六十几岁的样子，严重谢顶。他认真地看着我，似乎是在揣测着我跟卡珊的关系，他那沧桑的眼神中流露出来的是完完全全的精明干练和深沉。

卡珊用极其不熟练的日语回答道:"只是我之前的同事。"说完，又补充道，"确切说，是上级，一个蛮关照我的上级。"

未经卡珊正式介绍，这个日本人就先入为主地对我鞠了下躬，之后用傲慢的语气自我介绍。他的一句话，被我捕捉到，犹如世界将灭。他说，谢谢你以前对我太太的关照。

我无措地冲他微微点头，然后按照卡珊刚刚介绍我的那种意思，用日语向他回应。

卡珊和他都愣了一下，这个日本人突然显得有些尴尬。然后我借口离开。

晚上，我收到卡珊的微信。她说。其实人生活在一个现实的世界之中，就必须要接受现实，享受现实。这样才，不会再痛苦。

我只能说，我理解她的意思。

我突然有了一种久违的感觉，一种莫名的晦涩的伤感与无奈笼罩了全身。由是我想到了某位女作家的书。无论如何恬淡的女人，最终仍摆脱不了现实生活冷酷且温润的陷阱。有些时候，人也必须强迫自己的意志，强迫自己的感受，强迫自己的心理，甚或是生理。只为现实，与生活。

离开这座城市似乎已经是一件必然的事情，虽然我尚未考虑将来。没有时间。这段日子，我的生活总是被一种很明确的冷寂和悲凉所充斥着，条理清晰，却没有逻辑性。只是现实，而不与过去将来发生关系。

就在与卡珊分开不久，行至外白渡桥，宋大卫打来电话。他告诉我千绘的事情。

当下，我站的这个地方，沉寂了百年历史的钢铁架桥，桥下，苏州河与黄浦江交汇，流淌着上海这座华丽都市纸醉金迷的伤感与五彩缤纷的幽怨。这是一个爱与迷醉的地方，深沉而美丽。

然而，我的爱，却似就流失在这里。

宋大卫说，千绘获释，他尽力了，他希望我把之前美菱给我的东西，还给他。

我说。那将来，由美菱决定……

后来，在一番信誓旦旦的陈词之后，我仍坚持。他有些无助。

他说："大四毕业，林千绘为什么没有选择你？相信，这是一个困扰你一生的谜题。而这个答案，值得让你把东西还给我。虽然一直以来我都清楚，这个答案，不应该是由我来告诉你。"

太阳躲到云朵后面，天色阴沉却也绚烂。不远处，传来浓重的汽笛声，突然感觉有一丝眩晕。

宋大卫最后说："林千绘是真的爱你的。不要再说，她没有努力过。"

我们的对话，就此结束。然而，电话里的回声，却响彻着我依然崩塌的，爱与思维的空间。

没有答案。无关，我在上海的现在和过往，包括将来。

东西也不曾收拾，只是希望能够有一种可能。再次在这里见到她。

对爱，已然不再期求。期求的或只是一个结局。至少是一个答案。

一年多之后的一个秋日。得到电话，千绘终于有了消息。她来上海，为我们的过往形成一个结局。这亦似一个程式。

这个日子，不知是否该为我所等待。千绘在之前一直无声无息，一切似是僵硬。

只是千绘始终无从与我共享这般与现实争斗的疼痛，抑或痛的愉悦。这些时日，我曾多次找寻，却不得结果。因这段挣扎的经历，我们之间似平添了更多的疼痛。或者，这是一个弱者希冀能够平复自己的仇恨，所必要的付出。

见到千绘是在茂名路一家不为人知的阴暗酒吧。千绘在电话中突然决定去到那里。

一个凄凉的夜晚，寒风瑟瑟，千绘已先到，躲在路边法国梧桐黯淡的树影下，表情亦隐在其中，难能为我所知。见到她，只是感觉有一种久别之后的幽怨气氛发生在我们之间。看到她体态消瘦，衣着清素，举止间透出对世事十足的疲惫感。无意争辩，或无意思索。

她搭乘当日最后一班高铁到达这里，提一个简单的手袋，没有行李。见到我，她并无话，只是走上前挽住我，而后尽力把头低下，掩在阴影里。

酒吧位于一栋旧式法国洋房的二层，陈腐逼仄却充斥着一种少有的华丽忧伤。

千绘说："这里总是这般清冷，人少且都深醉，喜欢这里。有一次，也便是在这里约你，你没有来。"

话无从被我言起，歉意悔意感伤劝慰，仿佛无论讲什么，都会变作虚伪。

只此一句，千绘亦无意再将其他过往提起。她缓慢地喝着一杯淡淡的酒，并无声息。这种千绘让我感觉到无比的逼迫与窒息。

千绘说："还在上海？"

"是啊，我，被困在这里了。"我说，"连同，我的……"

"爱情？"千绘颇为平淡。

可以明晰地自知，我们之间可能再无法提及爱情。虽并不晓得这是发生在突然之间的事情，还是本就是一个渐进的过程，总之，已然乌有。不过，我却莫名地希望，我们的爱情能演进下去，即使最终只是走到某个终点。

于是我说："我们，或者可以最终在一起。话说得有些沉重，因为言过之后，方被察觉，这仅是一句语言而已，并无涵义。"

"不。不会。你我都并不希望这样。"千绘将之揭露，不留情面。

确如此，爱随仇恨被洗刷，现已无从被我们体察。如千绘所言，过去的这一些已经致使我们的爱情，以及那般沉痛爱情之后长久的纠葛，在得以救赎之后，仅作为一种空洞而存在。一旦走完，

其便无存。这为我们所共知。

千绘说："真爱于我只是一种奢望。不敢期求完美，所以只能将其破碎。爱情对于我，也只是生命之中的无数个碎片。我会梦到破碎，时常梦到。镜子碎了，落地窗玻璃碎了，水晶吊坠碎了，戒指上的钻石也碎了。在梦里，我总会拼命地试图将它们粘合，而碎片被捧在手中，只有无尽的焦虑与无助。怕它们掉落，故而用力捏紧，于是手心被刺破，鲜血流出，继而警醒。"

此时的我，或可深刻地理解这个梦境的意义，但却无从解释无从安慰。我只能机械地说："真爱，不是奢望。"

"是的，是奢望。所以，我曾给自己暗示，无论什么破碎，再不要粘合，也不必粘合。"

可以感觉到，终于将自己的情感表述干净，千绘显得轻松。只是现在，无论如何，我已然走到疼痛的尽头，为她，为她的遭遇，也为我们之间的消亡。

酒吧里恒久的寂静，让我颤抖。我们终于可以彼此理解对方的爱，理解爱的生成运作直至消融。只是我们始终无法相爱。爱让我们太过真实，让我们的内心毫无遮掩，于是我们任由仇恨的爆发。这，是代价，亦是不可抗拒的规则。我们无悔，却也无奈。爱在我们之间，以这般形态存在，亦是奇观。

千绘告诉我，自己终于一无所有。没有家，没有钱，没有情感，并无法再有。

她拒绝接受我的一切，最终只在酒店与我共眠一夜，翌日离开。她并无要求去我的住处，我亦无从告知曾为她将房子卖掉。我们之间，相知再多，也都无谓。

最后我们聊及的一个话题。那就是那个答案。

因为什么，已经不重要了。她虽是如是作答，但感伤难掩。

然而，无论如何，我却认定那是重要的。人生之中，很多时候，一个细节，一个不经意的插曲，都会对生命的历程形成转折。虽然明明知道，煽动翅膀的，或仅仅是一只蝴蝶。

所以，我对她说，我想知道。而且，这极有可能也是我最后一次能够得到答案的机会了。

千绘沉默许久，点头，她于是说了下面的话。

"剪刀石头布吧……"

我不甘心是这样的结局。

千绘靠近我，用唇阻住我的话。她亲吻我。都过去了。

是啊，都过去了，无论我们的爱情，还是我的爱情……

我们躺在一起，肌肤相接，互换体温。确是始终无能发生关系，我们的激情已然僵固。千绘说，女子看守所地处荒郊，上方的天空分外得蓝。但那亦是她看到的，最绝望的天空。

由是。我突然想到千绘曾与我讲述的她的一切苦痛经历。我似曾看到她在折磨中痛苦挣扎的眼神，突然心痛。于是奋力挽留。我对她说："留下吧。一切都还可以再作努力。"

她冷漠回答："你明明知道，我们都无力而为。没有可能。"

不记得自己睡去，却于一个阴晦的清晨醒来。千绘已离去，悄无声息。

爱情便如同一个迷局，有人走进去，有人走出来。进入的人怀揣着美好的愿望，陷入甜蜜的困惑，而逃出的人已获释然，亦在失去。

这个天色阴沉的下午，天上又飘起了冷涩的疾雨。

回家的车票拿在手中，就像是拿到了一个审判，一个关乎爱的结局。行李很少。

在火车开动的时候，我突然收到了一条短信。号码是陌生的。

"我不希望离开，只是也不希望我们再次疼痛。爱情，愈是接近它的内核，便愈是疼痛。一直，我都困顿地爱着，并疼痛着。有时认为，人就应当于一无所有时，方可找寻真爱。因为一无所有，也便无所畏惧。"

"你在哪儿？"我连忙回复。

"不必再找我。我已决定离去。"她回复得也很快。

电话拨过去，接通。

千绘……

电话那边，尽遍是沉默。

"你在哪儿？"

电话那边的持久沉默，令我感觉到一种莫可名状的窒息和绝望，继而电话挂断。

焦躁之中，再次回拨过去，连续五遍，那边方才接听。

我无从判断电话那边，究竟是谁，于是便有了我们两人的沉默。我就像是一个被困在真空里的微粒，没有空气，亦没有生气。

突然，广播里响起车站工作人员的声音。我切实听到，电话外面与电话里面的声音，一致。这让我想起，曾经在虹桥机场，在面对匆匆人流感觉绝望的时候，就是这样让我找到了千绘。

继而产生一种悸动，心神随之颤抖。继而明确，对爱的期望和绝望终于被演绎成一种空落。

对着电话，我只说："需要见到你，就在此刻。"之后，她凝重的呼吸声被我听到，感觉生涩。

我疯狂地追问她在哪里在哪里。我告诉她，我们在一起，就在同一辆列车上，我必须要见到你。她沉默，继而关掉电话。

在关闭电话之前，她发出了一条简单的短信。

她只是说，她已离开，离开上海，去往另外的地方，并不希望告知与我。

起身去找，可最终还是带着沉重的失落感坐回到自己的位子上。我找遍了整列火车。短信没有再被回复，电话也永远没有再接通。

生活中确实有很多东西，一闪而过，你将再也寻不到。而且，你又不得不去承认。

渴望完美，但不相信完美，挣扎在希望与绝望之间，在倾泻与压抑的斗争中，在留恋与憎恨的斗争中，在粘合与撕裂的斗争中，也只能以这种残酷的方式来寻求解脱。

尾 声
Epilogue

某日，从沉重而无章的梦境中醒来，恍恍惚惚，不知道是什么时间。我丧失了对时间的认知。

窗外的斜阳照进屋里，虽然耀眼，却也温柔。时间似乎被凝聚在某个地方，不再流动。不自觉的猛烈回忆突然让脑中产生了一片空白，看到石英钟上显示着 3 点 40 的样子，却不曾记得现在这是哪个月份哪一日的 3 点 40 分，甚至连这个年份也遁出了我的脑海。

周围是一片令人恐怖的寂静白色，静得让人恐怖。突然感觉到一种似曾相识的寂寞感，但它于我确实已是久违。

一个苍白的脸庞带着薄薄的微笑凑过来，紧锁的眉头骤然放松下来。一丝针刺般的疼痛渗入到我的内心里，我说不清它究竟来自何处。这是我爱人的面孔，或许只有她，才肯为我苍白。但是关于她关于爱，却在我的记忆中搜寻不到。

在一段如麻的混乱之中，我只能记得，她是我的妻子。

在经过三个小时的手术之后，我从全麻中醒来。

脑中恍惚一片，思绪万千，却没有一点逻辑，感觉只是一些记忆的碎片带着已然有些腐败的颜色在脑中不断地闪动。现实的理性在这里，已经生锈发霉，或者坏死。

我只能任由一些泡沫样的东西，在我那混沌不清的世界里游动，并渐渐肿胀。

数个月以后，出院。妻子开车，我坐在副驾驶上。

雨，柔丝一般，细细密密地飘在空中。雨刷轻摆着，颇有节奏，似乎正是为唱机里流出的《Without You》做着伴奏。道路两旁整齐的街灯在湿漉漉的路面上投下一朵朵可人的橘黄色，像是点缀这夜色的烛火。微风，雨丝作了稍稍的倾斜。宽阔的水泥路面上，车很少。

行驶在这座城市唯一的一条高架路上，现实又一次在回忆中慢慢淡出脑海。

猛然间，我对着妻子说，停车。

她问，怎么了，你哪里不舒服。

我说，我……

我无法对她解释。我只是感觉，做了一个梦。而现在，又到了梦开始的时候。

雨，柔丝一般，细细密密地飘在空中。雨刷轻摆着，颇有节奏，似乎正是为唱机里流出的《Without You》作着伴奏。

曾经有一些记忆的痕迹，但因为恐惧，形成忘记。甚至有时，怀疑那一些，或许真的是梦境，并且，在灵魂深处惧怕这个梦境，且惧怕醒来。

将她抱在怀中，闻到不施粉黛的她，身上却总暗含着一丝淡淡的幽香，心中满足。

某次吵架，持续了很久，偃旗息鼓的时候已是深夜。我走上阳台透透气，却惊奇地发现一轮皓洁的明月挂在眼前，一霎间，仿佛曾经的一切都在此时得以找回。梦境中，总有一个面容破碎被淋漓鲜血沾染的女孩，出现其中。黑洞洞的隧道里，她需要我带她离开。

她似是一个答案，也似一个疑惑，或是一种终结，又是一个开端，于我于现实于精神都是如此。她，便是我的爱情。

或许，曾经我尝试着去爱，但最终还是被消失在风中，仅留残迹。

爱情于我，或许就是一个由生到死，又由死到生，生生死死往复轮回的这么一个过程，轮回一次就留下疼痛一次。如果不要疼痛，那它就只有被迫地游弋于三界之外，如同一个孤独的游魂。但是，确实，这也是它可以存在的一种形态。

我想，无论是在三界之内，还是三界之外，我的爱情都如以往那样，存在着，并且流浪着……

故事到了这个地方，不知是不是该结束了。

流淌着，也许故事永远都不会结束。我不清楚，应该怎样写下去，或者，应该怎样梦下去。只是发生过的所有这一些，我始终不能确定，它们发生在梦里，还是在现实之中。

但是，就是有一些碎片，或清晰，或模糊地缠绕在我的脑中，始终。

只是我已认定，爱情确在某个时刻，被我拾得。

不管怎样，我，我们，都还是生活在现实之中，不断地梦着，梦着……

后 记
Postscript

【落寞】

忘了是哪一年，住在香港上环，当时在跟进一个比较大的影视项目，屡屡遭遇不顺，某天于港岛闲逛，遣心中之压抑，却突然遭遇蒙蒙细雨。原本，细雨淅沥，是我最喜欢的感觉，但那日却不知如何，莫名地伤感起来。我把这种感觉，称之为落寞。

人生之中，落寞的时候，其实有很多。某日在冷雨中的台北忠孝东路，寒冬中的成都时代广场，还有夕阳下的上海淮海路……都莫名如此，大抵是各种感伤所然。生命之中，或许有诸多不尽如人意，是我们无力而为，但转念一想，既是无力而为，便也释然。但人生，终要靠自己掌握，就比如，爱情。

首先说，这本书仿佛最初写于2007至2008年，写在上海浦东的一个公寓里面，是时窗外冬日无边的黑夜，至今仍留存在记忆里。当然，后来这本书也一直在修改，在补全，在重写，写到记忆混乱。

当然，那段日子本身也是混乱的。我个人的人生经历或许也是混乱的，曾经从事过大概几十种职业，至少也应该有十几个冠冕堂皇的身份，但那一段时光，却是最为留恋的。短暂，疼痛，但也光鲜，热烈。就如同书中写的，喝各种洋酒，交往各色女人。

人生，总应该是热烈的，至少爱情应该如是。

　　总在诸如演讲、采访的各种场合，表达过这般观点，至少，教化人们甘于平庸甘于浑浑噩噩碌碌无为的言论，是无耻的。在爱情层面，教化人们平平淡淡，更是如此。于爱的年纪里，至少应该爱得炽热。

　　迄今，我仍然认为，我人生当中做的最正确的一件事，就是从家乡的某事业单位离职。之后，人生也便才开始有了色彩。也同样做过另一件很正确的事情，就是于高中时代，品味了爱情。虽然，爱情的伊始，于我而言，如雨般伤感，但正如我《雨痕》中所说，雨过遗痕，无论如何，那都是一段珍贵的记忆。而至今，我仍感恩那段经历。

　　后来的爱情，亦然。

【执念】

　　爱，是一种执念。

　　至少，在我的理解中，是如此的。在我的作品《依然·爱》中，我曾经这样写。因为爱你，或全世界都将与我为敌，但我依然要爱下去。

　　爱情，至少是一种力量，一种执念。

　　人生短短几十年，如果仅仅是生活，仅仅是平平淡淡的苟延残喘，那就太可悲了。有爱的生命，才有色彩，才有力量。正是抱有这种执念，我才舔尝了爱情的美丽，才获取了人生的广度。有时，做一些事情，其实需要的就是执念。

　　曾经因为爱而不顾一切，舍弃了很多，也有身边很多朋友或善意地劝我，但我只是觉得，我所做的事情，不是他们可以轻易理解的。

　　有执念的人，跟没有执念的人，或许也非生活在同一世界。

　　几乎不会有人理解，我当年放下年薪几十万的工作，固执地到她所在的城市重新开始；也几乎不会有人理解，我冒雨开了十几个小时的高速，就为给她过一个生日；更不会有人理解，我决绝地排斥身边诸多优秀的女性，仅为等她兑现一个无足轻重甚至或有或无的诺言。

或许，等待的只是失望，甚或绝望。但，我必须等下去，也必须爱下去。这，便是执念。

执念，便是无论结局如何，更无论旁人如何，坚持做你自己想做的。

迄今，我感恩我的执念。如果不是如此，或许，我还在家乡那个底层的事业单位，忙忙碌碌却碌碌无为地过着一成不变的日子，亦如果不是如此，或许，我将困顿在没有爱情的婚姻里，消耗于只有柴米油盐的空洞生活中，度日等死。

生活，必须是五彩缤纷充满激情的，否则，我们岂不是辜负了生命的美意。

曾经有人这样问过我，说如果时光可以倒流，你可以重做某些生命中的抉择，你都希望改变些什么。我说，没有什么要改变的，我认为迄今为止，由我做出的选择，都是正确的。

人，还是始终要做，自己认为对的事。

【世风】

爱情，有时亦是形而下的。

无论文学作品怎样来描写它，发生在每一个个体身上，它都是具体的。

如同我们所生活的现实社会中的一切，有形有态，可以看到，可以触及，可以珍藏，当然，亦可能遗失，甚或被他人偷窃掠夺。就如同手机，如同钱包……无论我们把它定义得，多么玄妙多么崇高多么美好。

然而，在我们所生活的现实世界中，每天都要发生很多种事情，或许很少有人会在意，爱情终将是一种如何的形态。

2013 年 4 月，网络上曝出有关三亚海天盛筵或涉明星群 P 聚众淫乱的种种，一时，大量疑似现场的照片连同参与者的微博微

245

信先后流出，更有一众明星名人牵涉在内的传闻不胫而走。

生活在现实之中的多数人，已然不再知道爱情是什么，亦可能并不在意淫乱是什么，男人或多数把目光着眼于其间的嫩模，而女人则多数在惊美那些富二代的豪车、游艇、私人飞机。时代已经变了。

不过，主办方及相关机构组织连同一众明星，随即辟谣。

但是，不论如何，时代的变化，是真的；爱情的凋零，也是真的；嫩模是真的，豪车、游艇、私人飞机……统统都是真的。

至少，我们都知道，若是换成图书展会，恐怕嫩模美女是鲜有问津的。

爱情，这就是我所说的，它在现实之中，是形而下的。无论我们把它定义得，多么崇高多么美好。

世风使然。

【梦境】

且不论海天盛筵被曝出来的那些内幕，是真是假，但由此而衍生出来的一些元素，却根深蒂固地进入人们的视线。其中，有两个令人瞠目的性爱游戏，一曰"深水炸弹"，另一曰"俄罗斯轮盘"。

不知怎么，这则消息突兀地震颤着我，并给了我灵感。

突然的一个混沌的夜晚，发生了一个这样的梦境。梦的背景好像是大学毕业，然后我们在夜场放纵，有人玩色子玩纸牌，而我好像跟她玩的，即是俄罗斯轮盘的游戏。两个人，有酒，有枪，甚或还有性。

她冷漠的脸庞惨白惨白，没有表情。我们之间，亦没有任何言语。

很静。只有酒的声音，和手枪轮盘转动的声音。

我在如此追忆我的爱情，并希望把它写成一则故事。或那即是一场"俄罗斯轮盘"的游戏。当然，过去我们玩的"俄罗斯轮盘"，不是现在某些富二代那般恶俗无度的玩法。

俄罗斯轮盘，本是一种自杀式游戏。两人对峙，参与双方在左轮手枪的弹巢内放入一颗子弹，之后让子弹转盘在高速旋转的过程中归位，于是，子弹位于什么位置，便没有人知道了。接下来，就是参与双方轮流持枪对准自己的太阳穴，扣动扳机，直到有人中枪，或者有人不敢按下扳机表示认输，游戏方才结束。

拿这个游戏来比喻爱情，再恰当不过了。

爱情是索取，还是付出。

在这个游戏里，恐怕首先是付出。爱一个人，即应义无反顾地为她付出而不计所得，或许，真爱，便纵是只有付出，亦可感知幸福。

然而，终究我们都还是凡人，付出一段时间后，恐怕没有人会不去权衡得失。假如我们在这一轮中的付出，大于所得，下一轮，或许就不会再一如既往地付出了。

俄罗斯轮盘，两个人交替对着自己扣动扳机，即是如此。

爱情的这个游戏，即是当一个人付出得一无所有（中枪）或是不敢再付出表示认输（不敢按下扳机），方才结束。

2014年，当我的第四部长篇完成，出版上市的时候。我突然决定，不再写作，至少短时间内不再写作，我在爱情的路上再度迷失。曾经执着，却发现那只是一场游戏，一个谎言；而当对爱情厌弃，它又会在你绝望的时候，呈现出它的弥足珍贵。

爱情，本不应该是一场游戏，不应该是一个梦境。然而，在冰冷的现实面前，游戏，梦境，却成为它可以自我救赎的一种方式。至少，它有起始，有结局，有规则，让人心动，也心痛，好过见到豪车、游艇，就无原则地无谓地蜂拥而上，趋之若鹜。

我的爱情，当我曾经真挚的时候，亦是当它成为游戏的时候；当游戏即要在绝望中结束的时候，亦是被我感知它珍贵的时候。

我，自谓是一个珍视爱情的人，而我的爱情，她，亦然。

只是，我与她的爱情，于现实之中不可避免地演绎得像是一场游戏，一个梦境，且由来已久。

【奢侈】

其实这些，亦是现实使然。

曾经自己坚守的东西，被现实折磨得狼狈不堪，亦被现实贬损得一文不值。人们越来越多地注重物质的层面，且不论豪车豪宅，亦不论游艇和私人飞机，就连一个破包，一个破手机，甚至一个城中村拆迁户的身份，在很多人眼里看得都比爱情值钱。这就是低俗的现实。

TS.Elliot 说，人类承受不了太多的现实。当现实最丑陋的一面，呈现给世人的时候，多数人的选择，还是欣然接受，进而同流合污，让现实变得更加丑陋。

于是，在这般的现实面前，爱情被撕裂、玷污、篡改、凌辱……

某次，当然也不止这一次。年轻漂亮的女演员，用尽各色心思和表演，努力地在接近我，清纯的眼神下暗藏着汹涌的欲望，她不仅可以轻易地做一些事情，甚至可以轻易地说到爱。我知道，这仅仅就是因为我导演或者制片人的身份。就是一个身份，她就可以交换自己的肉体、爱情，甚至灵魂。不过可笑的是，当我还没有导演或者制片人身份的时候，她们看待我的眼神却是鄙夷的，如同一个想吃天鹅肉的癞蛤蟆，甚至还不如一个脑满肥肠矮矬矬的包工头。尤其，那个时候的我，正年轻帅气，风华正茂，风度翩翩。但是，这些都不重要，所谓高富帅，只要富就可以了。

当然，她们没有什么错，错都在现实。

现实是什么，现实就是，很多时候，你拿一个破包，就能换取她们的身体甚或灵魂，拿个破手机，也同样好用。因为，现实让她们觉得，这叫做奢侈品。

或许，现实让她们中的很多，愿意坐在宝马车里哭。但是，当我后来在玩 GTR 的时候，我才发现，其实并不是我高大了，而是我卑微了。因为，我也同样被现实改变了，融入现实的规则之中。

其实真正的奢侈品，不是什么包，也不是什么跑车，而是纯粹的爱情。拥有一个破包，拥有一辆破跑车，这都太容易了。但是，在生命之中，拥有一个纯净的不掺杂任何杂质的爱情，着实才是一种奢侈。

于是，我又回忆起了，我曾经的执念。既然爱了，就爱下去吧。

从我们的初识，大学，到背井离乡，到最后的谢幕之地——那座适合在声色犬马与物欲横流之间演绎情爱的华丽之都。

为了支撑我的荒墟，我捡起这些碎片。

【信仰】

爱情，其实是一种信仰。

当认清了现实的无耻和惨烈之后，却依然热爱生命，这才是生活。

世间，确实有很多东西，都是于幻灭中，重生。

后来，我便不断地把这个故事补完。其实，亦是对我人生和爱情的，一种补完。那个阶段，我确实把爱情当成是一种信仰。即是这种信仰，支撑着我痛苦前行。

我谢绝了一切爱慕，谢绝了一切相亲，谢绝了一切亲朋好友的善意，固执地要把自己曾经的爱情之路，走完。

感恩奋斗，感恩执念，更感恩信仰。

人，也总应该是有些信仰的。

二〇一五年七月
于北京 中影华龙楼
初稿

二〇二〇年二月
于广州 越秀区江湾水恋
出版前 修补

与周杰伦　　　　　　　　　　与刘青云

与文化部副部长高运甲　　　　与著名导演谢飞

做客中央人民广播电台　　　　　做客北京人民广播电台

受邀参加中国首届编剧嘉年华

受邀参加第59届亚太影展　　　　　在片场

出席文化活动

出席慈善活动

纯文学讲座

编剧研讨会

于中影集团

于北京国际电影节